다하우에서 온 편지

다하우에서 온 편지

앤 부스 지음   김선영 옮김

책담

차례

우리 시대의 동화 쓰기

3학년 B반 제시 존스

옛날 옛적 어느 나라에 사촌 자매가 살았어요.

프란체스카 공주는 아주 예뻐요. 금발 머리에 눈동자가 새파랗

지요. 널찍한 정원과 수영장이 딸린 커다란 저택에 살면서, 하양

깜장 얼룩배기 코커스패니얼을 한 마리 길러요. 개의 이름은 찰리

예요. 프란체스카 공주는 상류층 자제들이 다니는 기숙 학교에 다

니지요.

제시 공주는 시골 마을의 작은 집에 살면서 일반 학교에 다녀요.

강아지도 없어요. 언제부터였을지도 모를 아주 오래전부터, 생일

이나 크리스마스 때마다 강아지를 선물해 달라고 졸랐는데도 말이

에요. 제시 공주는 금발이 아니에요. 갈색 머리라고 할 수 있지요.

언젠가 프란체스카 공주가 제시 공주 머리에 손전등을 비추면서

드문드문 금색 가닥이 반짝인다고 한 적이 있긴 해요. 고마운 말이죠. 진실은 아니지만요.

두 공주의 할머니는 제시 공주 집 가까이에 살았어요. 공주들을 아주 사랑해서, 집 안 벽마다 두 공주의 사진을 잔뜩 붙여 두었어요. 그중에는 재미있게 나온 사진도 많아요. 두 공주도 할머니를 무척 사랑했어요. 할머니는 언제나 다정하게 공주를 보살펴 주고, 최고로 맛있는 사과 파이도 만들어 주었어요.

그런데 어느 날, 갑자기 세상이 이상해졌어요.

낯선 사람들이 마을로 몰려오더니 제시 공주의 아빠가 하던 일을 대신하기 시작한 거예요. 돈은 조금만 받고요. 그리고 버스 정류장에 모여 앉아 다른 나라 말로 대화를 하고 자기들끼리만 어울려 다니면서 말썽을 피웠어요.

제시 공주는 낯선 사람들이 싫었어요.

제시 공주 아빠가 하는 사업은 날로 기울었어요. 결국 아빠는 일자리를 찾아 외국으로 떠나야 했고, 은행이 집을 빼앗아 가는 바람에 제시 공주와 엄마는 마을 귀퉁이에 있는 아주 컴컴하고 작은 집을 빌려서 살아야 했어요.

모든 건 다 낯선 사람들 때문이었어요.

상황이 좋지 않은 건 프란체스카 공주도 마찬가지였어요. 프란체스카 공주의 아빠도 일자리를 잃은 건 아니었어요. 그렇지만 공주의 아빠가 제정신이 아니라는 소문이 파다했어요. 딸과 아내를 버리고 다른 여자와 떠나 버렸거든요. 그래서 프란체스카 공주는 제시 공주가 다니는 학교로 전학을 가게 되었답니다.

제시 공주는 세 가지 소원을 빌었어요.

하나, 아빠가 돌아오게 해 주세요.

둘, 비참하고 어두컴컴한 집에서 벗어나게 해 주세요.

셋, 강아지를 기르게 해 주세요(원래부터 빌던 소원이지만 변함이 없어요).

세 가지 소원이 모두 이루어지면 제시 공주의 이야기는 해피 엔딩을 맞게 되겠죠.

◆

내 이름은 제시 존스. 국어를 가르치는 헌터 선생님이 동화를 써 오라는 과제를 냈다. 그래서 한번 써 본 것이다. 나는 동화를 좋아하기 때문에 과제를 받자마자 빨리 쓰고 싶었다.

대부분의 동화에서는 초반에 일이 잘 풀리지 않는다. 누군가가 죽거나, 떠나거나, 집에서 쫓겨나는 등 슬픈 일이 먼저 일어나고, 나중에 모든 것이 제자리를 찾으면서 소원이 이루어진다. 나도 그게 당연하다고 생각한다. 그러니 내 동화의 설정은 완벽하다.

눈치챘겠지만, 동화 속 세 가지 소원은 내 진짜 소원이었다. 결말에서 소원이 다 이루어지면 해피 엔딩일 것이다. 다만 시작이 얼마나 슬퍼야 하는지, 나는 그걸 몰랐다.

하얀 강아지 스노이

목요일. 우리는 늘 그랬듯 학교를 마치고 할머니 집으로 갔다. 현관에서 초인종을 누르자 안에서 캉캉 강아지 짖는 소리가 들렸다. 이상했다. 할머니 집에는 강아지가 없는데……. 잠시 후에 할머니가 활짝 웃는 얼굴로 현관문을 열었다. 하지만 앞에 선 사람이 우리 둘뿐이라는 걸 확인하고 나서는 실망한 기색이 역력했다.

"제시 왔구나. 우리 케이트도! 프란체스카는 오늘도 못 오나 보지?"

할머니가 물었다

"네. 무슨 연습이 있대요."

나는 거짓말을 했다. 프란체스카가 할머니를 만나러 오는 것보다 시내에 나가 노는 것을 더 좋아한다는 말을 차마 할 수 없었다. 그것도 진짜 짜증 나는 친구들과 어울려서 논다고는 더더욱 말할 수 없었다. 우리 할머니는 예나 지금이나 다정하다. 변한 건 할머니가 아니다.

"우리 강아지, 그것 참 아쉽구나."

할머니는 쓸쓸해 보였다. 하지만 곧 쓸쓸함을 감추고 활짝 웃었다.

"그건 그렇고, 너희 둘이 와 줘서 참 좋구나. 어서 들어와라. 깜짝 놀랄 만한 선물이 있으니까."

우리는 응접실로 들어갔다. 벽이며 벽난로 선반에는 나와 프란체스카를 비롯해 가족들 사진이 가득했다. 응접실을 지나 먼지 한 톨 없는 깨끗한 주방에 들어섰다. 그런데 주방 한편에 조그만 강아지 울타리가 보였다. 그 안에서 짙은 색 커다란 눈망울로 우리를 빠끔 내다보는 건, 세상에서 가장 사랑스럽게 생긴 강아지였다. 정말이지 무척 귀여웠다. 자그마한 하얀 늑대처럼 생겼는데, 귀가 몸에 비해 아주 크고 기다란 꼬리가 달려 있었다. 강아지는 낑낑대며 울타리 문을 긁었다. 매섭게 꼬리를 치는 모습이 빨리 탈출해 우리에게 달려오고 싶어서 안달인 것 같았다. 할머니가 울타리에 달린 작은 문을 열자마자 강아지가 뛰쳐나왔다. 그러고는 곧장 케이트 휠체어로 달려와 발판에 앞발을 척 걸쳤다. 케이트는 허리를 숙여 강아지를 안아 올렸다. 환호성이 절로 나왔다.

"할머니! 정말 사랑스러워요! 어디서 데려오셨어요?"

"이 녀석 이름은 스노이란다."

할머니는 내 질문은 못 들은 척 말했다.

믿기지 않았다. 내 생애 가장 멋진 사건이었다. 몇 년을 그렇게 최악으로 보냈더니, 드디어 평생토록 간절히 바라던 소원이 이루어졌다. 글자를 쓸 수 있게 된 이후로 내 크리스마스 선물 목록 일 순위는 늘 강아지였다. 생일 선물 목록 일 순위도 물론 강아지였다. 해마다 생일이면 강아지를 사 달라고 졸랐다. 그때마다 엄마 아빠는 빙그레 웃으며 "네가 좀 더 나이가 들면 생각해 볼게"라고 했다. 그렇지만 최근에는 이마를 찌푸리고 한숨을 쉬며 "제시, 강아지를 키우는 데 돈이 얼마나 많이 드는지 아니?"라고 대답하는 것으로 바뀌었다. 아빠가 실직한 이후로는 소원을 이룰 기회가 아예 사라졌다고 단념하고 있었다. 그런데 스노이가 왔다. 할머니는 동화에 나오는 수호 요정 같았다. 정말로 소원이 이루어졌다.

"우리가 잘 돌봐 줘야 해. 제시랑 케이트랑 프란체스카랑 나랑 다 같이 하는 거야. 너희들이 할미를 많이 도와줘야 할 게다.

정원을 싹 손봐야 하거든. 뭣부터 시작해야 할지 모르겠다."

할머니가 말했다.

나와 케이트는 정원을 내다보았다. 참 예쁜 정원이었다. 할머니랑 같은 교회에 다니는 닐 아저씨가 일주일에 두 번씩 와서 관리를 해 주었다. 보드라운 잔디가 자라고 화단에 꽃도 많았다. 한끝에는 무더운 계절에 쉴 수 있는 자그마한 별채도 있었다. 나는 정원 담장이며 작은 분수대를 타고 오르는 하얀 장미가 아주 좋았다. 그런데 할머니는 무슨 말을 하는 걸까? 정원은 이미 완벽한데, 잡지에 나오는 정원 같은데…….

"할머니, 정원은 지금도 아주 예뻐요. 스노이가 정원을 망칠까 봐 걱정하시는 거예요?"

나를 바라보는 할머니의 표정이 달라졌다. 그 표정을 뭐라고 해야 할까? 겁에 질린 얼굴? 그래, 그게 적당한 표현 같다.

할머니가 대답했다.

"아니다, 그런 게 아니야. 정원에 녀석을 숨겨 둘 데가 없잖니. 어떻게 하면 좋을까?"

"할머니, 누구를 숨긴다는 거예요?"

"나는 이 녀석이 총에 맞는 게 싫어. 어떤 녀석이라도 총에 맞는 건 싫어. 이번에는 다를 거야. 우리가 지킬 거니까. 제시, 그렇지 않니?"

도대체 무슨 말인지 종잡을 수가 없었다. 누가 스노이를 쏘려고 했다는 걸까? 대체 무슨 말을 하는 거지?

"저기, 할머니……."

나는 입을 열었다. 내가 당황할 만큼 놀랐다는 건 목소리에도 표가 났다. 그때 케이트가 꿈틀대는 스노이를 내 품에 안겼다. 그러고는 고개를 저으며 재빨리 말을 가로챘다.

"할머니, 저는 할머니 케이크가 정말 맛있어요. 저번에 먹은 초콜릿 케이크 굽는 방법 좀 가르쳐 주세요."

케이트는 마음만 먹으면 언제든지 아주 귀엽게 말할 수 있는 데다, 실제로 요리에도 일가견이 있었다. 케이트의 말에 할머니는 케이크를 굽는 법을 설명하기 시작했다. 그리고 누가 마법이라도 부린 것처럼 평상시의 차분하고 이성적인 할머니로 돌아왔다. 마음이 놓였다.

나는 스노이를 내려다보았다. 살아 숨 쉬는 진짜 강아지가 마침내 내 품으로 왔다는 사실이 믿기지 않았다.

그날 저녁에는 내내 아무 일도 없었다. 저녁으로 할머니의 셰퍼드 파이를 먹고 나서 후식으로 달콤한 사과 크럼블과 커스터드 크림도 해치웠다. 그런데 강아지 한 마리가 사람을 얼마나 정신없게 할 수 있는지 깨달았다. 우리는 스노이가 사고를 칠 때마다 정원에 내놨다가 다시 집 안에 들여놓기를 반복했다. 게다가 사고를 칠 때마다 매번 청소기를 돌려야 했다.

할머니는 평상시 모습으로 완전히 돌아왔다. 강아지가 총에 맞았다거나 숨겨야 한다는 등의 이야기는 잘못 들은 거라고 생각할 수도 있었다. 그때 케이트가 같이 듣지만 않았어도. 케이트는 무슨 이야기든 한번 들었다 하면 절대로 잊지 않으니까.

케이트를 집에 데려다줄 때, 할머니는 케이트 엄마에게 스노이를 보여 주어도 좋다고 했다. 먼저 케이트의 휠체어를 차에 올리고 나서 나와 케이트는 뒷자리에 함께 앉았다. 케이트는 담요로 싼 스노이를 무릎에 앉히고 잘 잡았다. 스노이는 몸을 동그랗게 웅크리고 새근새근 자고 있었다. 우리 둘 다 그 모습에 감탄하며 보드라운 털을 쓰다듬고 향긋한 냄새를 맡느라 차가 어디로 가는지 미처 신경 쓰지 못했다. 사실 신경 쓸 필요는 없었다. 할머니는 수도 없이 케이트를 데려다준 데다, 케이트네 집까지는 별로 멀지 않았기 때문이다. 그런데 고개를 들어 보니 우리는 고속 도로 위에 있었다. 원래대로라면 케이트네 집으로 가는 아기자기한 시골길을 달리고 있어야 했다. 대형 트럭 사이가 아니라…….

나는 앞으로 몸을 숙여 할머니를 불렀다.

"할머니, 왜 고속 도로를 타세요?"

할머니는 그제야 우리가 어디에 있는지 깨달은 것 같았다.

"제시, 나도 잘 모르겠다. 내가 지금 뭐 하는 거지?"

이제까지 들어 본 중에 제일 섬뜩한 말이었다. '할머니가 운전하는 법을 잊어버린 게 아닐까'라는 생각이 잠깐 들었지만 그건 아니었다. 할머니는 운전하는 법을 잊은 게 아니라, 우리가 어디로 가는지를 잊은 거였다. 늘 그랬듯 케이트가 우리가 해야 할 일을 정확히 지적했다.

"할머니, 다음 출구에서 나가시면 돼요. 이제 바로 나와요."

할머니는 깜빡이를 켜고 고속 도로에서 빠져나왔다. 그리고 오컴으로 다시 방향을 잡았다. 오컴은 유서 깊은 마을로 우리 마을에서는 버스로 이십 분 남짓 거리였다. 대형 트럭 사이를 빠져나왔다는 사실에 마음이 놓였지만, 여전히 심장이 쿵쾅거렸다. 할머니는 차를 아주 천천히 몰고 있었고 온 정신을 쏟아야만 케이트가 알려 주는 방향을 이해하겠다는 표정이었다. 드디어 우리 앞에 오컴체육관이 나타났다.

"다 왔네요. 저 여기서 좌식 배구 해요."

케이트는 우리가 목요일 저녁 여덟 시에 오컴체육관으로 가고 있는 상황이 아주 당연하다는 듯 재잘댔다.

"할머니, 여기로 들어가시면 돼요. 여기가 체육관 주차장이에요. 엄마한테 여기에 있겠다고 문자 보낼게요."

할머니는 주차장으로 들어가 차를 세웠다. 마침내 차의 시동이 꺼지자 우리는 모두 안도의 한숨을 내쉬었다. 할머니는 무너지듯 고개를 숙이며 양손으로 머리를 받쳤다.

나는 서둘러 차에서 내려 운전석으로 가서 할머니를 꼭 안았다. 할머니는 떨고 있었다.

"우리 제시, 할미가 집에 못 데려다줄 것 같은데 어쩌지? 아무 생각도 나지 않는구나. 머릿속에 안개가 낀 것 같아."

뒷자리에 있던 케이트가 대답했다.

"걱정 마세요. 엄마가 제시 엄마도 모시고 온대요. 제시 엄마가 할머니를 모시고 갈 거예요. 제시도 데리고 가고요."

나는 할머니를 감싸 안고 그대로 옆에 앉았다. 할머니는 굉장히 피곤해 보이면서도 아주 앳되어 보였다. 순간, 할머니 얼굴에 잔뜩 겁을 먹은 소녀 얼굴이 스쳤다. 나를 바라보는 눈길이 해결할 방법을 찾고 있다고 말하는 것 같았다. 소녀는 눈앞에서 벌어진 일을 도저히 믿을 수 없다는 듯 고개를 세차게 저었다. 나는 할머니 손을 꼭 잡고 머리를 쓰다듬었다. 할 수 있는 일이 그것뿐이었다.

달라진 사촌, 프란체스카

"그래서 어제 결국 엄마랑 같이 할머니 옆에서 밤을 꼬박 새웠어. 스노이도 돌보고. 아침에 엄마가 할머니를 모시고 병원에 가셨어. 프란체스카, 나 정말 걱정돼. 정말 이상했어. 너도 할머니를 봤어야 해."

나는 화장실에 가는 프란체스카를 따라가며 말했다. 아직 수업 시작 전이었다.

"할머니는 그냥 좀 피곤하신 거야."

프란체스카는 거울에 비친 자신의 모습을 보며 옷매무새를 가다듬었다. 그럴 필요는 없었다. 프란체스카는 언제나 예쁘니까.

"할머니는 금방 괜찮아지실 거야. 그리고 강아지가 있으니 힘이 나실 거고. 제시, 넌 걱정이 너무 많아."

딱히 반박할 말이 떠오르지 않았다. 맞는 말이었으니까.

나는 매사에 걱정이 많다. 다른 사람들도 나한테 걱정이 너무 많다고 한다. 하지만 걱정하지 않는다고 해서 세상에 걱정할 일이 사라지는 건 아니다. 할머니가 손녀 친구를 데려다주다가 운전하는 법을 잊거나 길을 잃는다면, 그게 바로 걱정할 일 아닐가? 게다가 할머니는 프란체스카의 할머니기도 하니까.

머릿속에서 할 말을 생각하는 사이에 프란체스카는 자기 친구들에게 가 버렸다.

"너희가 프란체스카를 많이 도와줘야 해."

엄마는 그렇게 말했다. 올해 초에 기숙 학교를 다니던 프란체스카가 우리 학교로 전학 온다는 걸 알게 되었을 때였다. 테스 고모는 고모부가 떠나 버렸으니 프란체스카가 집에서 가까운 학교에 다니는 게 좋겠다고 했다. 하지만 엄마는 생각이 달랐다.

"그런 일을 겪었으니 적응하기가 힘들 거야. 거기다 전학을 오다니. 마크 고모부가 프란체스카 학비를 못 대겠다는 것도 이해가 안 가. 학교를 옮기는 건 테스 고모 생각이지, 프란체스카가 원한 건 아니야. 애가 참 딱하게 됐어."

나와 케이트는 프란체스카를 잘 도와주겠다고 대답했지만, 우리가 딱히 도와줄 일은 별로 없었다. 프란체스카는 전학 온 지 일주일 만에 완전히 적응했다. 그다지 열심히 공부하는 것 같지도 않은데 전 과목을 다 잘했고, 우리와 달리 성적에 매달리며 아등바등하지도 않았다.

나는 중학교에 진학한 이후로 줄곧 이 학교만 다녔다. 케이트도, 다른 친구들도 거의 6학년 때부터 알던 아이들이다. 가장 친한 친구는 여전히 케이트지만 다른 친한 친구도 많았다. 그런데 프란체스카가 전학 온 다음부터는 오히려 내가 전학생 같은 느낌이었다. 프란체스카는 처음 왔을 때부터 생글생글 웃으며 뭐든지 당당하게 잘 해냈다.

처음 며칠은 점심도 같이 먹고 수업 시간에도 옆자리에 앉았다. 그렇지만 자기 아빠가 음반 회사에서 회계를 담당한다는 사실을 슬쩍 흘린 뒤부터는 루시와 니콜라 패거리에 합류했다. 줄을 설 때도 그 아이들과 서고, 교실 뒤편에 그 아이들과 함께 앉고, 시내도 그 아이들과 함께 나갔다. 나와 케이트는 숫제 없는 사람 취급이었다. 루시와 니콜라 패거리가 우릴 무시하는 데는 이미 익숙했지만, 내 사촌이 그럴 줄은 몰랐다. 한번은 내 생각을 이야기해 보려고 했지만, 프란체스카는 내가 도대체 무슨 소리를 하는지 모르겠다며 깔깔 웃고는 그만이었다. 나는 내가 바보같이 느껴져서 그 후로는 말을 꺼내지 않았다.

케이트와 함께 할머니 집에 갈 때도 프란체스카는 절대로 같이 가지 않았다. 이미 프란체스카한테 질린 케이트는 상관없다고 했다. 케이트는 누군가에게 한번 질렸다 하면 원상회복되는 것이 상당히 힘들었다. 나도 상관없다고 했다. 사실은 상관없지 않았지만…….

화장실에서 돌아와 보니 사물함 앞에 케이트가 있었다.

"할머니는 좀 어떠셔?"

케이트가 물었다.

"지금은 어떠신지 나도 잘 모르겠어. 내가 나올 땐 주무시고 계셨거든. 어젯밤에 스노이가 난리도 아니었어. 울타리 안에 넣어 두었더니 어찌나 낑낑대던지, 결국은 울타리를 거실로 끌고 와서 엄마랑 나도 아래층 간이침대에서 자야 했다니까. 스노이 때문에 할머니가 깨시면 안 되잖아. 엄마는 우리가 책에서 하지 말라는 딱 그대로 하고 있다고 했지만, 엄마도 너무 피곤해서 어쩔 수가 없었던 거지."

"그래도 스노이는 엄청 귀엽잖아! 하얀 늑대 인형 같단 말이야!"

케이트가 대답했다.

"그건 그래. 그런데 난 할머니가 스노이를 데리고 오신 이유를 아직도 모르겠어. 강아지를 기르고 싶다고 하신 적이 한 번도 없거든."

나는 교과서를 챙기며 말했다.

"그래도 너한테 강아지가 생겨서 좋잖아. 할머니를 도와서 우리가 같이 돌보자. 정말 재미있을 거야."

정말이지 케이트는 걱정이 많은 편이 아니다. 뭐가 어떻게 되든 신경 쓰지 않는다는 뜻이 아니라 나쁜 일이 생겨도 바꿀 수 있다고 생각하는 쪽이라는 뜻이다. 환경을 보호하자는 청원서에 서명을 받는 데도 적극적이다. 나중에 어른이 되면 기자가 될 것 같다. 혹은 총리가 되거나.

내 메일함에는 케이트가 서명하라고 보낸 청원서가 매일같이 쌓였다.

간곡히 호소합니다!

○○(열대 우림 아니면 유기견 아니면 원시 부족 아니면 병원)이 곧 사라질 위기에 처해 있습니다. 부디 ○○해서(이 청원서에 서명하거나 국회 의원에게 이메일을 쓰거나 빈칸을 채워서) 도움의 손길을 뻗어 주세요.

나는 메일이 오면 다 읽어 보려고 애쓰는 편이지만, 솔직히 말하면 가끔은 그냥 빈칸에 이름과 이메일 주소를 쓴 다음에 '보내기'를 클릭하는 빠른 길을 택한다. 그리고 내가 뭘 보호하는 건지 군이 찾아보지 않는다. 케이트를 믿으니까. 몇 주가 지나서 거북 보호 단체—아니면 열대 우림이나 환경 단체—로부터 '축하합니다! 해내셨습니다!'라는 제목으로 어떤 캠페인이 어떤 성과를 거뒀다는 이메일을 받는다. 내가 왜 축하를 받는지 잘 모를 때는 조금 난감하다.

케이트는 아무 생각 없이 남이 하는 대로 따라 하면 안 된다고 말할 테지만, 케이트 같은 사람들은 어떤 생각을 해야 하는지, 옳은 일이 무엇인지 정확히 안다. 두려워하지도 않는다. 책도 많이 읽고 아는 것도 많다. 그에 비해 나는 제일 좋아하는 과자가 뭐냐고 물어와도 대답하지 못하고 우물쭈물한다. 책을 읽거나 글을 쓰거나 아니면 클라리넷 연습을 할 수는 있어도 뉴스를 보고 싶지는 않다. 청원서 같은 일을 잘 아는 사람이 있고, 거기에 서명을 잘 하는 사람이 있다. 각자 저마다의 강점을 살려야 한다.

1교시는 수학이었다. 케이트는 프란체스카와 우수반으로 가서—절대 같이 앉지는 않지만— 수업을 들었다. 2교시는 우리 셋이 모두 한반에서 듣는 역사 시간이었다.

"모두 잘 알다시피, 이번 학기에 살펴볼 주제는 제2차 세계 대전이에요. 오늘은 나중에 발표할 과제를 준비하도록 하겠어요."

브래디 선생님이 수업을 시작했다. 선생님은 할아버지 할머니들이 자신의 어린 시절에 관해 인터뷰하는 영상 몇 개를 보여 준 다음, 연세가 많은 친척 어른을 찾아가서 인터뷰하는 게 이번 학기 과제라고 했다.

케이트가 손을 들었다.

"주위에 인터뷰할 친척이 없는 사람은 어떻게 하나요?"

케이트다웠다. 뿌리부터 영국 사람인 케이트가 친척이 없을 리 없었다. 아프가니스탄에서 얼마 전에 우리 학교로 전학 온 야스민을 위한 질문이었을 것이다. 야스민은 영국에 망명 신청을 했다고 들었다. 작년에 전학 온 이후로 계속 같은 반이었는데, 내가 아는 건 그게 전부였다. 얼핏 보니 야스민은 자기 책상만 뚫어져라 쳐다보고 있었다. 반 아이들이 모두 듣는 데서 자기와 관련된 질문이 나오니까 어쩔 줄 모르는 것 같았다. 나 같아도 그랬을 것이다.

"주위에 친척이나 아는 어른이 안 계시면 친구와 조를 짜서 하세요."

브래디 선생님이 대답했다.

케이트가 다시 손을 들었다.

"엄마가 노인 요양 시설에서 프로그램 짜는 일을 하세요. 요양원 어르신들과 면담할 수 있는지 여쭤 볼게요."

"좋은 생각이군요! 케이트는 수업 끝나고 잠깐 남으세요. 자세하게 알고 싶군요. 내친김에 요양원 어르신들과 약속을 잡을 수 있을지도 알아보기로 해요. 케이트가 말한 요양원에 가서 인터뷰하고 싶은 사람이 있으면 수업이 끝나고 남으세요."

브래디 선생님이 말했다.

역사 수업이 끝나자 벤과 야스민이 교실에 남았다. 우리 네 사람이 로즈로지요양원에 인터뷰를 신청했더니, 흔쾌히 허락한다는 답변이 왔다. 알고 보니 벤 그린은 할아버지와 할머니가 모두 외국에 있었다. 야스민은 둘 다 아프가니스탄에 있다고 했고, 케이트는 둘 다 세상을 떠났다고 했다.

"저런, 그렇구나."

브래디 선생님이 안타깝다는 듯 대답했다.

"뭐, 돌아가신 거나 마찬가지예요. 전 아빠가 누군지 모르고, 외할아버지와 외할머니는 제가 태어나고 나서 엄마랑 연을 끊으셨으니까요. 이제 와서 그분들이랑 연락하고 싶지는 않아요."

케이트가 대답했다.

선생님 표정을 보니 뭐라고 대답해야 할지 난감해하는 것 같았다. 케이트는 가끔 이런 식으로 사람들에게 충격을 안겼다.

"뭐 그럼, 다 된 것 같네요. 인터뷰할 조부모님이 안 계신 여기 네 사람은 로즈로지요양원 어르신들을 인터뷰하는 걸로 하지요."

선생님은 이야기를 마무리 지었다. 나에게 따로 묻지 않아서 다행이었다. 다른 아이들과 달리 나에게는 완벽하게 영국 사람인 할머니가 엄연히 살아 있었다. 그렇지만 할머니가 있다고 말하기 싫었다. 그랬다가는 선생님이 우리 할머니를 인터뷰하라고 할지도 몰랐다. 외할아버지와 외할머니는 둘 다 내가 태어나기도 전에 세상을 떠났고, 사랑하는 할아버지도 세상을 떠났다. 여기까지는 다 사실이다. 하지만 할머니는 바로 우리 동네에 살 뿐 아니라, 머리끝에서 발끝까지 영국 사람이다. 목소리마저 영국 국영 방송 다큐멘터리 라디오 채널에서 나올 것 같았다.

어렸을 때부터 단 한 번도 할머니에게 어린 시절이 어땠는지 물어본 적이 없다. 지금도 물어보고 싶지는 않다. 물어보면 안 되는 이유도 모른다. 아빠와 테스 고모도 말을 꺼낸 적이 없고, 엄마는 예전에 할아버지한테 할머니에게 절대 어린 시절 이야기를 물어보지 말라는 부탁을 받았다고 한다. 할머니한테 아주 안 좋은 기억이 있다면서…….

그러다 보니 나와 프란체스카는 아주 어렸을 때부터 물어서는 안 되는 일이 있다는 걸 알게 되었다. 할머니에게 정원에 꽃은 어떻게 심는지, 뜨개질은 어떻게 하는지, 빵은 어떻게 굽는지, 아빠와 테스 고모의 어린 시절 사진을 보며 무슨 일이 있었는지 묻는 건 괜찮았다. 그렇지만 할머니가 소녀였을 때 무슨 일이 있었는지 이야기해 달라는 것은 불가능했다. 그건 말하자면…… 굳이 말하자면, 스노이한테 말을 해 보라고 하는 것과 비슷했다.

동화와 해피 엔딩

"프란체스카, 할아버지 할머니 인터뷰 어떻게 할 거야? 할머니는 어린 시절 이야기는 절대 안 하시잖아. 너도 우리랑 같이 로즈로지요양원에 갈래?"

나는 식수대에서 프란체스카를 발견하고 물었다.

"아니. 제시, 신경 써 줘서 고맙긴 한데 그럴 필요는 없을 것 같아. 내겐 아빠의 아빠가 있잖아. 할아버지는 해군으로 제2차 세계 대전에 참전하신 적도 있대. 그래서 아빠한테 이번 주말에 할아버지한테 데려다 달라고 부탁하려고. 아무튼 너도 요양원 잘 다녀와!"

써 놓고 보면 아무렇지도 않다. 신경 써 줘서 고맙다고까지

했다. 그렇지만 이건 정말 최악이었다. 상냥한 얼굴로 예의 바르게, 그렇지만 남한테 말하듯 이야기하다니. 마치 나를 잘 모르는다는 듯이, 앞으로도 전혀 알고 싶지 않다는 듯이. 우리가 아주 꼬맹이였을 때 튜브 수영장에서 함께 놀아 본 적이 없다는 듯이, 프란체스카가 기르는 강아지 찰리의 방귀 소리에 미친 듯이 웃다가 결국 함께 운 적이 없다는 듯이, 침대에 나란히 누워 할머니가 읽어 주는 동화를 들으면서 함께 잠든 적이 없다는 듯이.

"뭐래?"

등 뒤에서 케이트가 물었다.

갑자기 울컥 짜증이 났다. 왜 케이트는 뭐든지 다 알려고 들까?

"케이트, 쟤는 내 사촌이야. 네 사촌이 아니라. 그냥 이야기 좀 할 수도 있는 거잖아."

이야기를 제대로 나눈 건 아니지만 어차피 케이트는 모르니까.

"무슨 이야기?"

케이트가 재차 물었다.

"말해도 넌 모를 거야."

나는 딱딱하게 대꾸했다.

"무슨 뜻이야? 내가 뭘 모르는데?"

"아무 일도 아니야."

나도 아직 잘 모르는 문제였다.

"그런 식으로 말하지 마. 무슨 일이 있는 게 분명할 땐 아무일도 아니라고 말하면 안 되는 거야. 난 그냥 너희가 할머니에 관한 이야기를 한 건지 궁금했던 것뿐이야. 할머니한테 무슨일이 있는 게 확실하니까."

케이트는 정말 화가 난 것 같았다. 하지만 나는 그만해야겠다는 생각은커녕 무슨 말이라도 더 해야겠다는 생각이 들었다. 설령 케이트가 상처 입는다 해도. 그러면 더 이상 묻지 않을테니까.

"별일 없어. 할머니는 그냥 피곤하신 것뿐이야. 그리고 우리할머니야. 네 할머니가 아니라."

케이트는 휠체어 등받이까지 깊숙이 물러나 앉았다. 그대로굳어 버린 것 같았다. 내가 이런 식으로 말한 건 처음이었다. 사실 한 번도 그렇게 생각해 본 적이 없었다. 지금도 물론 그렇게 생각하지 않는다.

나는 케이트에게 아빠도, 사촌도, 할머니도 없다는 사실을잘 안다. 우리 아빠와 엄마, 할머니가 케이트를 정말 사랑한다는 것도 잘 안다. 나도 그게 좋았다. 하지만 내 안에 꽁꽁 응어리진 할머니 걱정을 떨쳐 버리고 싶었다, 단 일 초라도. 내가끌어안고 있느니, 케이트에게 던져 버리는 편이 훨씬 마음 편할 거라 생각했다.

"제시 존스, 네가 지독하게 못된 아이라는 거 잘 알았어. 나중에 사과해."

케이트는 휠체어를 밀어 교실로 향했다. 다음은 국어 시간이었다.

"케이트, 무슨 일 있니?"

교실로 들어서는 우리를 보고 헌터 선생님이 물었다. 헌터 선생님은 우리 학교에서 제일 인기 많은 '훈남'이었다.

"선생님, 죄송하지만 제가 속이 좀 안 좋아서요. 잠깐 나가서 바람 좀 쐬고 들어와도 될까요?"

케이트는 보란 듯이 나를 외면하며 말했다.

"물론이지. 제시, 네가 같이 다녀올래?"

"아니에요, 선생님. 저 혼자 갈 수 있어요. 괜찮아요."

케이트가 유독 커다란 목소리로 대답했다.

"케이트, 정말 괜찮겠니?"

헌터 선생님은 걱정스러운 표정을 지었다.

"그럼요, 선생님. 고맙습니다."

케이트는 단호하고 당당하며 차분하게 대답했다.

기분이 나쁠 때 케이트가 대처하는 방식이다. 나와는 다르다. 나는 얼굴이 새빨개지고 입술이 바들바들 떨리고 눈물이 그렁그렁해진다. 표정에서 감정을 숨길 수 있다면 좋을 텐데 그게 잘 안 된다.

나는 자리에 가서 앉은 다음 고개를 푹 숙였다. 울음 참는 모습을 누구에게도 들키고 싶지 않았다. 몇 분 후에 케이트도 내 옆, 자기 자리로 돌아왔다. 나하고 눈도 마주치지 않았다. 필통을 꺼내서 책상에 올려놓고 앞만 똑바로 쳐다보았다.

헌터 선생님이 칠판에 이렇게 적고 있었다.

옛날 옛적에

"이 문구를 들으면 뭐가 떠오르지?"

"동화가 떠올라요, 선생님."

니콜라 바커였다. 니콜라는 언제 어디서나 헌터 선생님을 좋아하는 티를 팍팍 냈다.

선생님이 멋진 건 사실이지만, 니콜라처럼 티를 내느니 차라리 죽는 게 나았다. 니콜라는 국어 시간이면 머리를 바짝 빗어 넘기고 가슴을 앞으로 쭉 내밀고 앉았다. 화학 시간에는 절대로 그러지 않는다. 피터스 선생님은 나이가 아주 많으니까.

"그렇지. 이 문구를 들으면 연상되는 것들이 있지. 그렇다면 동화에 자주 나오는 등장인물이나 소재로 어떤 것이 있을까?"

너도나도 내놓은 대답으로 칠판은 금세 가득 찼다. 캐서린은 잘생긴 왕자가 생각난다며 다소 티가 나게 칼럼을 쳐다보았지만, 칼럼은 종이를 구겨서 쇼나에게 튕기는 데 정신이 팔려 눈치채지 못했다. 칼럼이 쇼나에게 종이 뭉치를 튕기기 시작한 건 초등학교 때부터지만, 쇼나는 지금까지도 모른 척 시치미를 뗐다. 쇼나는 "아름다운 공주님"이라고 말했다. 프란체스카는 "말하는 동물"이라고 했다. 헌터 선생님이 〈반지의 제왕〉이나 〈해리포터〉 같은 영화에도 동화적 요소가 있다고 하자, 윌리엄과 로리는 성, 마법사, 용이 생각난다고 대답했다. 루시가 칭얼거리는 아기 목소리로 "마법의 주문"이라고 했다. 칼은 세상에서 제일 웃긴 낱말이라도 되는 듯 "호박"이라고 대답하고는 깔깔거렸다. 칼의 유머 감각은 사차원이다. 다들 한마디씩 한 것 같았다. 나하고 케이트만 빼고.

나는 할머니 생각으로 머릿속이 가득 차 있었다. 겁에 질려 작아 보이던 할머니. 게다가 케이트가 바로 옆자리에서 화가 잔뜩 난 얼굴로 앞만 노려보고 있는 것도 신경이 쓰였다.

'케이트는 텅 빈 벽면을 노려보는 데 온 힘을 쏟느라 대답할 여력이 없는 건 아닐까?'

내가 딴생각을 하고 있을 때 헌터 선생님이 내 이름을 불렀다.

"제시, 너는 어떻게 생각하니?"

헌터 선생님이 나를 보고 빙그레 웃고 있었다. 정말 멋진 미소였다. 우리 학교에서 잘생긴 왕자님과 가장 비슷한 존재를 찾으라면 분명 헌터 선생님일 터였다.

그렇지만 내 기분은 여전히 최악이었다. 가장 친한 친구가 크게 상처를 받은 걸 알면서도 했던 말을 다시 주워 담을 수가 없었다. 나는 모든 것이 해피 엔딩인 세상에 머물고 싶었다. 할머니가 낮잠을 한숨 자고 나면 다시 원래의 할머니로 돌아오는 세상…….

"해피 엔딩?"

불쑥 말이 튀어나왔다.

"그래, 그렇다면 우리는 왜 동화가 반드시 해피 엔딩이어야 한다고 생각할까?"

헌터 선생님이 물었다.

"해피 엔딩이 아니면, 모든 일이 다 괜찮아지지 않으면, 그게 뭐예요? 세상이 무서운데 할 수 있는 일이 하나도 없는 거잖아요."

나도 모르게 눈물이 뚝뚝 떨어졌다. 그때 케이트가 내 어깨를 감싸 안았다.

"제시 할머니가 요즘 좀 편찮으세요."

케이트가 말했다.

"저런, 지금 마음이 안 좋겠구나."

헌터 선생님이 대답했다. 나는 어찌해야 할 줄 몰라 고개도 들 수 없었다.

"제시, 잠깐 나갔다 올래?"

차마 선생님을 볼 수가 없어서 책상만 쳐다보며 고개를 끄덕였다.

"케이트가 같이 다녀오지 그러니? 둘이 가서 잠깐 정원에 있다 와라. 이제 디즈니 만화 영화에서 따온 영상을 몇 개 볼 거야. 해피 엔딩에 대한 토론은 나중에 하자. 마음을 가라앉히고 천천히 들어와도 돼."

밖으로 나가는 길에 교실 뒷자리에 앉은 잘나가는 프란체스카 패거리 옆을 지나쳤지만, 프란체스카는 나에게 눈길조차 주지 않았다.

우리 학교에는 작은 정원이 있다. 작은 정원에는 벤치도 있고 장미 화단도 있고 작은 분수도 있다. 여기서는 '정숙'해야 한다. 몇 해 전, 학생 하나가 교통사고로 죽었을 때 추모하는 의미로 지었기 때문이다. 학생들은 문제가 생겼을 때 이 정원을 찾는다.

지금 문제가 생긴 학생은 나고, 나는 벤치에 앉아 눈이 퉁퉁

붓도록 울었다. 그런 다음 케이트에게 사과했다.

"아니야, 굳이 할머니 이야기 꺼내서 내가 미안해. 엄마가 그러지 말라고 했는데."

케이트가 대답했다.

"아니야. 케이트, 미안해. 우리 할머니는 널 정말 많이 사랑하셔. 네가 세 번째 손녀라고 언제나 그러시는걸. 뭐가 뭔지 잘 모르겠어. 그냥 프란체스카가 달라진 게 싫어. 그리고 나 무서워."

나는 케이트가 건넨 휴지에 코를 풀고 말을 계속했다.

"다들 할머니가 그냥 피곤하신 것뿐이라고 생각하는 것 같아. 그런데 그게 아니면 어떡해?"

케이트가 뭐라고 대답할 새도 없이 멀리서 소리가 들렸다.

"제시, 참 고맙기도 하다!"

프란체스카였다. 이번에는 잘난 척 미소 짓지 않았다.

"너 때문에 창피해 죽는 줄 알았잖아."

"뭐?"

내가 되물었다.

"왜 할머니 이야기만 나오면 그러는 거야? 맨날 그래. 왜 항상 드라마 주인공이 되지 못해 난리냐고. 헌터 선생님은 우리가 사촌인 걸 아시니까, 나한테도 할머니가 걱정되겠다고 말씀하셨어. 그래서 나도 울음을 참는 척해야 했잖아. 안 그러면 날 냉정한 아이로 보실 테니까. 넌 왜 그렇게 주목을 못 받아서 안달이니?"

"말도 안 되는 소리 하지 마!"

케이트가 화를 냈다. 케이트는 진짜로 좋은 친구다.

"네가 뭘 안다고 그러니? 정말 지긋지긋하다. 우리 할머니가 걱정되긴 나도 마찬가지야. 그런데 그냥 좀 쉬시기만 하면 될 텐데, 이렇게 과민하게 반응하는 건 바보 같은 짓이야. 제시, 넌 지금 아기처럼 칭얼거리고 있어. 철 좀 들어."

"너희들 무슨 일 있는 건 아니지?"

정원으로 따라 나온 헌터 선생님이었다.

"아니에요, 선생님. 이제 저희 둘 다 좀 괜찮아진 것 같아요. 제시, 그렇지?"

프란체스카가 대답했다.

'쟤처럼 잘난 척할 수 있는 사람이 또 있을까?'

나는 더 이상 할 말이 없었다. 우리는 함께 선생님을 따라 교실로 돌아갔다.

"자, 그럼, 다시 볼까. 그림 동화는 그림 형제가 수집한 독일 전래 동화야. 야콥 그림과 빌헬름 그림 형제가 1812년에 출

간했지. 그러니까 이미 수백 년 이상 입에서 입으로 전해져 내려오던 옛이야기를 그림 형제가 모아 글로 쓴 거라고 할 수 있어. 지금부터 그림 형제가 쓴 동화를 각자에게 나눠 줄 테니, 다 함께 읽으면서 오늘 토론한 요소가 나오는지 살펴보자. 동화가 전하고자 하는 교훈은 무엇인지도 생각해 보고."

헌터 선생님이 나눠 준 동화는 《빨간 망토》였다. '빨간 모자'의 옛날식 이름. 동화에 늑대가 나오자 스노이가 생각났다. 물론 스노이는 첫째, 말을 못 하고, 둘째, 아무거나 물어뜯긴 해도 악당은 아니지만. 귀여운 스노이는 빨간 망토와 할머니를 만나면 그저 핥기만 하겠지. 그건 나쁜 짓이 아니다.

그림 형제 동화에는 늑대가 두 마리 나왔다. 낯설었다. 첫 번째 늑대가 사냥꾼한테 잡혀 죽고 나서 늑대 한 마리가 더 나왔다. 두 번째에는 빨간 망토도 늑대가 나쁘다는 사실을 단박에 알아차리고, 할머니와 힘을 합쳐 똑같은 일이 벌어지는 걸 막았다. 소시지 냄새를 풍겨 늑대를 꾀어낸 것이다. 결국 굴뚝에서 떨어진 늑대는 말 여물통에 빠져 죽었다.

해피 엔딩…….

"이 이야기가 주는 교훈은 뭘까?"

헌터 선생님이 물었다.

"모르는 사람이랑 이야기하지 말라는 것 아니에요?"

니콜라 바커였다.

"똑같은 일이 두 번 벌어지지 않게 조심하라는 이야기 아닐까요?"

벤 그린이었다. 맞는 말 같았다.

벤 그린은 항상 요점을 제대로 파악하고 말로 조리 있게 잘 정리했다. 일주일에 한 번씩 오케스트라 연습 시간마다 만났지만, 벤 그린이 작년에 전학 온 탓인지, 아직까지는 서로 어색했다.

"이 동화에는 늑대가 두 마리 나오는데, 빨간 망토는 처음 늑대를 만났을 때는 몰랐지만 두 번째 늑대를 만났을 때는 위험하다는 사실을 눈치챘어요. 그러니까 남이 구해 주기만을 기다리지 않아도 되었던 거죠."

"벤, 아주 좋은 의견이다. 자, 이제 숙제를 내 주마. 너희들이 이 이야기를 읽을 배짱이 있을지 걱정이 되긴 하지만. 무섭지 않겠니?"

헌터 선생님이 농담하듯 물었다.

다들 와하고 웃음을 터뜨렸다. 칼 데이비스만 프란체스카 패거리를 보고 히죽거리더니, 입을 떠억 벌리고 하품했다.

"이번 숙제는 일주일짜리다. 해야 할 과제가 두 가지이기 때문이지. 이제 선생님이 그림 형제의《도둑 신랑》을 나눠 줄 거야. 첫 번째 과제는 오늘 수업 시간에 토론한 내용을 잘 생각해 보고, 《도둑 신랑》이 해피 엔딩인지 아닌지 자신의 의견을 한 단락 분량으로 쓰면 된다. 두 번째 과제는 직접 동화를 써 보는 거야. 디즈니 만화처럼 말랑말랑할 필요는 없어. 그림 형제처럼 섬뜩한 동화를 써도 좋다. 《도둑 신랑》은 너무 밤늦게 읽지 않는 게 좋을 거야. 경고했다……."

그 말을 하면서 헌터 선생님이 나를 보며 미소를 지었다. 너무나 당황해서 얼굴이 빨개졌다. 니콜라 바커처럼 괜히 머리를 뒤로 넘겨 보았다. 나도 모르게 나온 행동이었다. 그렇게 하면 세련된 분위기가 날 것 같은 말도 안 되는 생각이 들었다.

나는 의자 등받이에 갸우뚱 기댄 채로 선생님이 나눠 주는 과제물을 받다가 교실 바닥으로 나동그라졌다. 반 아이들이 와 하고 웃었다. 헌터 선생님이 일으켜 세워 주는데 당황스러우면서도 가슴이 두근거렸다. 선생님한테서 달콤한 로션 향이 났다. 얼굴이 더욱 새빨갛게 달아올랐다. 죽고 싶었다. 수업을 마치는 종소리가 나를 살렸다.

할머니 집에서 스노이와 함께

"앗, 제시, 조심해! 그러다 또 나동그라질라."

점심시간에 자리에 앉으려는데 프란체스카가 상냥하게 말했다. 그 말에 반 아이들이 크게 웃었다. 이제 겨우 잊었나 했는데…….

프란체스카는 사람을 무안하게 만드는 데 선수였다. 그 앞에서는 절대로 꼬투리가 잡혀서는 안 된다. 사람을 놀릴 뿐 아니라, 그걸로 다른 아이들을 웃게 하기 때문이다. 하지만 그런 짓을 할 때마저 예뻐 보였고, 말투도 상냥하고 부드러웠다. 실제로 그렇진 않았지만.

내가 금발이었다면 우리가 쌍둥이처럼 보일 거라고 말하던 프란체스카는 이제 어디에도 없었다. 내가 알던 프란체스카와는 아예 다른 사람 같았다.

넘어지던 순간이 오후 내내 머릿속을 맴돌았다. 누가 나를 보고 웃거나 살짝 미소만 지어도 그 순간을 떠올리는 것 같아서 기분이 상했다. 나, 제시 존스에게 지우고 싶은 과거가 하나 더 추가된 셈이었다. 나는 절대 프란체스카처럼 잘나가는 아이는 못 될 것이다.

드디어 집에 갈 시간이 되었을 때, 그렇게 다행스러울 수가 없었다. 엄마에게서 문자가 왔다. 학교가 끝나면 할머니 집으로 가기로 했던 거 잊지 말라고 했다.

할머니 집 현관문을 열자, 자그마한 하얀색 털 뭉치가 달려들었다. 네 다리와 살랑거리는 꼬리, 낑낑대는 혀가 달린 털 뭉치.

"제시, 못 나가게 막아! 그리고 스노이 데리고 거실로 올래? 고모한테 인사하렴."

엄마가 소리쳤다. 스노이에게 많이 시달린 듯한 목소리였다.

나는 가방을 현관 복도에 아무렇게나 부려 놓고—할머니는 늘 가방은 고리에 걸고 신발은 슬리퍼로 갈아 신은 다음에 들어와야 한다고 하지만 상황이 상황이니만큼 넘어가고— 스노이를 안아 올렸다. 스노이는 신이 나서 버둥거렸다. 누군가 나를 이렇게까지 환영해 주는 건 정말 좋았지만, 고모한테 인사하는 와중에도 얼굴을 마구 핥아 대니 조금 민망했다. 엄마가 스노이를 데려가 주방에 있는 울타리 안에 넣었다.

"정말 엉망진창이었다니까. 앞으로 어떻게 해야 할지 고모랑 계획을 세우려는데, 얘가 온 집 안을 헤매고 다니는 거야. 아무래도 보호소에 다시 데려다줘야 할까 봐."

"안 된다! 스노이는 절대 못 데려간다."

할머니가 계단을 내려오고 있었다.

"하지만 엄마, 난 강아지는 못 데려가요. 집에 찰리가 있잖아요. 안 그래도 나이가 많은데 지금 아프기까지 하단 말이에요. 엄마는 우리 집에서 얼마 동안 요양하는 게 좋겠다고 지금 막 이야기를 끝낸 참이고요. 스노이는 귀여우니까 입양할 사람이 꼭 나타날 거예요. 엄마가 키우기에는 손이 너무 많이 가요."

테스 고모가 말했다.

"싫다! 난 싫어! 내가 집을 비울 때는 제시가 돌봐 주면 되지. 제시, 그렇지?"

할머니는 신경이 많이 곤두서 있었다.

"하지만 어머니, 제시도 학교에 가야 하잖아요. 제시 아빠는 지금 프랑스에 있고 저도 일이 있고요. 힘들 거예요. 게다가 강아지를 키운다고 하면 집주인이 가만히 있지도 않을 거고요."

할머니는 나에게 다가와서 손을 잡았다. 할머니 손이 덜덜 떨리고 있었다.

"제시, 부탁이다. 제발 그놈들에게 강아지를 보내지 말아 다오. 할미가 금방 오마. 제시, 제발 약속해 다오."

할머니 눈에 공포가 어려 있었다. 두려웠던 그날, 차 안에서처럼. 그 공포를 걷어 내기 위해서라면 무엇이든 할 수 있었다.

"할머니, 아무 걱정 마세요. 약속할게요. 할머니가 돌아오실 때까지 제가 스노이를 잘 돌볼게요."

"착하기도 하지."

할머니는 내 볼을 쓰다듬었다. 뛸 듯이 기뻐하는 할머니를 보니 옳은 일을 한 것 같았다. 앞으로 어떻게 해 나갈지 아무런 대책이 없긴 했지만.

"그럼 제가 제시를 데리고 여기 잠깐 들어와 있는 게 좋겠어요. 스노이를 저희 사는 데로 데려갈 수는 없으니까요."

엄마가 입술을 지그시 깨물며 말했다. 넌더리가 나지만 꾹 참을 때 나오는 습관이었다. 아빠 사업이 기운 후부터 엄마는 부쩍 자주 그랬다.

"그래요, 그럼 그렇게 해요. 강아지는 제시가 돌보는 걸로."

테스 고모가 한시름 놓았다는 표정으로 활기차게 말했다.

엄마는 고모가 좀 이기적인 데가 있다고 말하곤 했다. 하지만 고모부 일도 있으니 고모를 대할 때는 싫은 일이 생겨도 참아야 한다고 했고 실제로도 잘 하려고 애썼다. 엄마는 고모에게 화내지 않으려고 온 힘을 다해 참고 있었다.

"엄마, 이제 가요. 프란체스카도 아주 좋아할 거예요. 오늘은 합창단 연습이 있어서 늦게야 버스를 탈 거래요. 할머니 오신다고 했더니 아주 신나 했어요."

고모가 할머니에게 말했다.

미심쩍었다.

'아주 신나 했다니. 신이 난 프란체스카는 이제 없는데. 그리고 무슨 합창단 연습?'

프란체스카와 나는 같은 합창단인데, 오늘은 연습이 없었다.

고모가 할머니 짐을 챙기는 사이에 엄마는 할머니를 부축해서 차로 갔다.

"어머니, 그냥 좀 쉬시면 될 거예요."

엄마가 말했다. 엄마도 아주 많이 피곤해 보였다.

"병원 예약은 월요일로 잡았어요. 이번 주말은 좀 힘드시겠지만, 테스 고모네 가서서 맛있는 음식도 드시고 하면 괜찮을 거예요. 떠나 계시는 동안 저희가 정원도 잘 관리할게요."

"정원은 제시가 알아서 할 거야. 너는 하지 마라."

할머니가 대답했다.

엄마의 표정이 일그러졌다. 상처를 받은 듯했다.

"제가 정원 일은 잘 못한다는 걸 알아요. 그래도……."

"제시, 어떻게 하는지 알지? 창고는 말끔히 치워야 한다. 덤불 잘 덮어 놓고. 저번에 보니 덤불이 모자란 것 같더라."

할머니가 나에게 말했다.

엄마와 고모가 할머니 얼굴을 가운데 두고 시선을 교환했다. 뭔가 이상했다. 덤불이라니? 하지만 할머니 눈동자의 초점이 또렷했다. 자신이 무슨 말을 하는지 확실히 알고, 내가 그 말을 이해하고 있다고 확신하는 눈빛이었다. 나는 연극을 하는 기분이었다.

"네, 할머니."

"착하기도 하지."

할머니는 미소를 지으며 내 머리를 쓰다듬고 뽀뽀를 해 주었다.

"병원에 가셔야 되니까 월요일에 다시 모셔 올게요. 오늘 병원에 갔더니 영국 사람은 한 사람도 안 보이더라고요. 얼마나 넌더리가 났던지. 신문에서 읽었는데 다 외국에서 들어온 사람들이래요."

테스 고모가 말했다.

"사실 영국 사람이든 아니든 그게 뭐 중요한가요?"

엄마는 그렇게 말했지만 그 주제에 관해 오래 이야기하고 싶은 눈치는 아니었다. 고모는 신문에 실린 기사를 읽고 언제나 예민하게 반응했다.

"어머니, 월요일에 뵐게요. 고모도 잘 가요. 고마워요. 제시 아빠한테는 내가 전화할게요."

고모는 할머니를 부축해서 차에 올랐다. 차는 곧 출발했다.

"나는 고모를 참 좋아하는데 솔직히 고모는 좀……. 그나저나, 제시. 너 아까 할머니한테 정원을 돌보겠다고 한 거 무슨 이야기니?"

엄마가 정원 일에 관여하지 말라는 할머니 이야기를 마음에 담아 두지 않았으면 좋겠다고 생각했다.

"할머니가 정원을 가꾸는 데 해야 할 일이 많다는 이야기를 여러 번 하셨어요. 그뿐이에요."

내가 대답했다. 내 거짓말에 엄마는 싱긋 웃으며 주방으로 들어갔다.

엄마가 치즈 샌드위치를 만드는 사이에 나는 주스를 두 잔 따랐다. 스노이가 울타리를 박박 긁어 대며 낑낑거렸지만 우리는 애써 못 들은 척했다.

"엄마, 스노이 데리고 산책 갔다 올게요. 할머니가 스노이 목줄을 어디 두셨는지 알아요."

나는 엄마를 돕고 싶다는 뜻으로 말했지만, 사실은 스노이랑 놀고 싶은 마음이 컸다.

"그러면 정말 좋겠다. 강아지도 운동을 해야 할 거야. 그럼 피곤해서 조용해지겠지. 그 사이에 엄마는 집에 가서 짐을 좀 가져와야겠다. 우리 제시, 고마워."

뜻밖의 행운

    스노이가 하도 날뛰는 통에 목줄 달기가 어려웠지만, 어찌어찌 매고는 오솔길까지 끌고 나왔다. 정확히 말하면, 내가 스노이에게 끌려 나왔다. 스노이는 목줄을 당기고 헐떡거리고 꼬리를 치는 등 야단법석이었다. 들판으로 통하는 뒷문을 여느라 잠깐 섰을 때는, 먼저 나가려고 버둥거리다 목줄에 목이 졸려 죽을 뻔했다. 스노이는 오줌을 누느라 잠깐 멈추더니 곧바로 뛰기 시작했다. 롤러스케이트를 타고 나왔으면 좋았겠다는 생각이 들 지경이었다. 수상 스키를 개조해 만든 강아지 산책용 들판 스키가 있으면 좋으련만. 강아지의 넘치는 에너지를 활용할 수만 있다면 에너지 위기도 극복할 수 있을 것이다.

'지구 온난화 문제의 해결 열쇠는 강아지 수백만 마리라고 케이트에게 말해 보면 어떨까?'

잠깐 딴생각을 하는 사이에 일이 터졌다. 분명 스노이한테 끌려 언덕을 오르고 있었는데, 정신을 차려 보니 목줄 끝에 스노이가 없었다. 목줄을 제대로 매지 않았던 것이다.

"스노이!"

나는 큰 소리로 스노이를 불렀다. 스노이는 어디에도 없었다. '어떻게 이렇게 한순간에 사라져 버릴 수 있지?'라고 생각한 순간, 저 멀리에 스노이 모습이 보였다. 마음이 놓였다. 그런데 이리저리 뛰어다니는 스노이 입에 뭔가 끔찍한 덩어리가 물려 있었다. 작은 동물 사체 같았다. 스노이는 꼬리를 치며 다가오면서도 입에 문 것을 놓지 않았다. 게다가 아직 나와는 어느 정도 떨어져 있어서 잡을 수가 없었다. 삼키기 전에 빼앗아야 했다.

"스노이! 이리 와!"

나는 계속 스노이를 불렀다.

"등을 보이면서 불러 봐. 그러면서 쭉 뛰어 내려가."

사람 목소리가 들렸다. 벤 그린이었다. 어디서 나왔는지 불쑥 나타났다.

"강아지가 물고 있는 것보다 네가 더 재미있는 장난감이 되어 주면 돼!"

벤은 재미있는 표정으로 두 팔을 크게 휘두르며 달리기 시작
했다. 그러고는 큰 목소리로 스노이를 불렀다. 부를 때마다 목
소리가 달라졌다.

"스노이, 스노이, 스노이!"

그러더니 잠깐 멈추고 나를 쳐다보았다.

"제시, 같이 해야지!"

벤의 큰 목소리에 나도 엉겁결에 팔을 휘두르며 미친 사람처
럼 언덕길에서 펄쩍펄쩍 뛰었다. 어느새 스노이는 입에 물었던
덩어리를 내려놓고 우리 옆으로 달려왔다. 벤이 스노이를 안아
올리며 법석을 떨었다.

"우와, 진짜 귀여운데! 네 강아지야?"

나는 다시 한 번 꼼꼼히 목줄을 매며 대답했다.

"아니, 우리 할머니 강아지. 내가 잠깐 돌보고 있는 거야."

벤을 이렇게 가까이에서 보는 건 처음이었다. 눈동자가 아주
짙은 녹색이었다. 가만 있어도 웃는 것처럼 보이는 눈이었다.
머리카락이 앞으로 쏟아지는지도 처음 알았다. 나는 얼굴이 점
점 달아올랐다. 펄쩍거리며 뛰어다녀서 다행이었다. 덕분에 빨
개진 얼굴이 확연히 티 나지는 않을 테니까.

"이젠 괜찮을까? 목줄을 처음 달아 보거든. 스노이가 또 도

망치는 일은 없었으면 좋겠는데."

내가 물었다.

벤이 목줄을 살폈다. 이런 일을 잘 아는 것이 분명했다.

"너도 애견훈련교실에 와야겠다. 우리 엄마가 수의사인데,
토요일마다 애견훈련교실도 하셔. 진짜 재미있어."

벤이 말했다.

"나야 좋지!"

만약 번지점프교실에 오라고 했어도 간다고 했을 것이다.

"좋아, 내일 한 시야. 나도 갈 거니까 주차장 입구에서 만나
자. 블루벨 숲으로 와. 개들이 정말 많이 올 거야."

벤은 오솔길 옆으로 난 작은 나무 문을 열었다. 거기 문이 있
는지 몰랐다. 어쨌든 벤이 어디서 나타났는지 알게 되었다.

"여기가 우리 집이야. 그러니까 여기서 안녕이네. 내일 보
자?"

벤은 안으로 걸어 들어가더니 정원 속으로 사라졌다. 정원이
끝나는 곳에 집 한 채가 보였다. 앞으로 스노이를 데리고 산책
을 나올 때마다 벤의 집 정원 앞을 지나치게 될 것이다. 게다
가 토요일에는 애견훈련교실에서 만나게 되다니.

집으로 돌아온 스노이는 자기 바구니에서 잠이 들었다. 하얀
아기 늑대 같았다. 손을 뻗어서 풍성한 털을 쓸어 주고 싶었지

만 그랬다간 스노이가 깰지도 몰랐다. 나도 좀 쉬어야 했다. 엄마는 집에 가서 짐을 챙겨 온 모양이었다. 하지만 고모와 통화하는 소리를 들어 보니 아무래도 한참 걸릴 듯했다.

나는 할머니 찬장에서 찾은 비스킷과 핫 초콜릿을 저녁 전 간식으로 먹기로 하고, 할머니 소파에 가서 자리를 잡고 앉았다. 공책에 성과 아름다운 숲, 마법을 부리는 개와 공주 같은 것들을 끼적끼적하면서 프란체스카와 나에 대한 이야기를 동화로 써 보았다.

"잘 되어 가니?"

통화를 끝내고 거실로 나온 엄마는 무척 피곤해 보였다. 엄마는 내 대답을 기다리지도 않고 말을 이었다.

"테스 고모가 너무 안됐어. 고모부가 연락도 없이 와서는 프란체스카 학교 숙제를 도와주기로 했다고 자기 집에 데려간다고 했대. 그런데 차에 여자 친구도 태우고 왔대. 분명 프란체스카가 아빠한테 먼저 도와 달라고 했을 텐데, 엄마한테는 시침을 뚝 뗀 거지."

"프란체스카는 같이 갔대요?"

"그래. 어쨌든 자기 아빠잖니. 그래서 고모는 화가 잔뜩 났어."

"할머니는요?"

"지금 주무신대. 월요일에 병원 예약이 잡혀서 정말 다행이야. 이번 주말만 잘 넘기자."

나는 한숨을 쉬었다.

"엄마, 아빠는 할머니 상황을 아세요?"

"그럼. 엄마가 전화했지. 너도 아빠 알잖니. 늘 좋게만 생각하려는 거. 아빠는 요즘 할머니가 과로하신 것뿐이래."

엄마는 나를 빤히 쳐다봤다.

"우리 제시, 한번 안아 보자. 오늘 스노이 데리고 나갔다 와 줘서 고마워. 정말 도움이 많이 됐어. 우리 오늘 기분 전환할 겸 저녁은 아주 맛있는 걸로 사다 먹을까?"

엄마가 중국 음식을 사러 간 사이 나는 클라리넷을 연습했다. 엄마가 돌아오자 우리는 소파에 푹 파묻혀 저녁을 먹으면서 〈마법에 걸린 사랑〉(2007년에 나온 디즈니 영화)을 봤다. 동화 같은 영화인데, 좋은 노래가 많이 나오고 재미도 있는 데다가 해피 엔딩이었다. 나는 다시 어린 시절로 돌아간 기분이었다.

"할머니, 고마워요."

잘 준비를 마치고 침대에 누워 소리 내어 말했다. 그러자 스노이가 나를 보며 살랑살랑 꼬리를 쳤다. 엄마가 아래층 불을 끄니까 스노이가 하도 낑낑거려서 결국 나랑 같이 자기로 했다.

"그래. 스노이, 너도 고마워."

내 행운이 좀처럼 믿기지 않았다. 동화 같은 일이 나에게 일어났다. 반에서 제일 인기 있는 벤 그린이 나에게 말을 걸었다. 벤이 내 이름을 부른 건 처음이었다. 다음 주에는 같은 조로 로즈로지요양원에 가기로 했고 내일은 숲 속에서 만날 것이다……

주인 없는 엽서

새벽 여섯 시쯤 되었을까? 애처롭게 낑낑거리는 소리와 함께 울타리를 긁는 소리가 들렸다.

"스노이는 꼭 새벽녘에 깨서 오줌을 눠. 그래도 네가 데리고 잘래?"

엄마가 그렇게 말했을 때 나는 아무리 이른 시간이라도 꼭 일어나겠다고 단단히 약속했다. 그러니 따뜻하게 데워 놓은 침대에서 나와 스노이에게 가야 했다.

"스노이, 이 골칫덩어리 녀석."

하지만 보드랍고 따뜻한 강아지가 좋다고 반기는데 화를 내기란 쉽지 않았다. 울타리 문을 열고 안아 올리자마자 스노이는 내 얼굴을 연신 핥으며 꼬리를 쳤다. 품에 안고 계단을 내려가는 동안에도 가만히 있지 않았다. 폭신폭신한 곰 인형 같은 하얀 털 뭉치가 내 눈을 다 가렸지만, 무사히 정원으로 데리고 나왔다. 스노이는 천방지축으로 뛰어다녔다. 한참을 차가운 공기를 맞으며 이리 뛰고 저리 뛴 후에야 만족스러운 듯 오랫동안 오줌을 누었다. 볼일을 마치고 달려오는 스노이를 꽉 껴안아 주고 나서 안으로 데리고 들어왔다.

스노이가 옆에 웅크리고 있으니까 소파가 아주 포근했다. 우리는 내가 어릴 때 자주 보던 만화를 함께 봤다. 얼마 후 아래층으로 내려온 엄마와 아침을 준비하는 동안, 스노이는 사료를 다 먹고 뼈다귀 모양의 플라스틱 장난감을 물고 놀았다.

"스노이 때문에 집이 상하지 않게 조심해야 해. 할머니는 강아지가 있으면 집이 얼마나 엉망이 되는지 잘 모르시는 것 같아. 그나저나 왜 갑자기 개를 데리고 오셨을까?"

그때 현관문 앞 매트에 우편물이 털썩 떨어지는 소리가 들렸다. 나도 스노이도 달려 나갔다. 꼬리를 휘날리는 스노이와 경쟁하듯 복도를 달린 끝에 스노이가 덮치기 전에 우편물 더미를 낚아챌 수 있었다.

"우리 딸, 고마워."

엄마는 우편물 더미를 들춰 보다가 엽서를 하나 빼냈다.

"어머, 이것 좀 봐! 정말 예쁜 그림이네! 흠, 잘못 온 거구나."

엄마는 엽서 뒷면을 확인하고 내게 건넸다. 엽서 앞면은 눈 내리는 날의 시장을 그린 그림이었다. 시장에는 추위를 막느라 목도리를 두른 아줌마들과 모자를 쓴 아저씨들, 단단히 챙겨 입은 아이들이 보였다. 현대 회화도 아니지만 그렇다고 고전 명화도 아니었다. 소녀와 그 뒤를 종종거리듯 따라가는 하얀 개도 보였다. 받는 사람 주소는 할머니 집이 맞는데, 받는 사람 이름이 '마리아 바이어'였다. 우리 할머니 이름은 엘리자베스 존스인데…….

나는 엽서 내용을 읽어 보았다. 볼펜으로 쓴 글씨는 알아보기 쉬웠다.

할아버지께서 꼭 전해 달라고 하셨어요. 이곳의 미술관은 아직도 기다리고 있다고요.

"안타깝지만 우체국에 가져다줘 봐야 별 소용이 없을 것 같구나. 보낸 사람이 자기 주소를 안 썼고 우표도 독일 거잖니. 어떻게 이런 실수를 했을까. 할머니가 이 집에서 사신 지 오십 년이 넘었는데."

엄마가 말했다.

엽서 그림이 정말 마음에 들었다. 할머니가 생각나는 그림이었다. 할머니는 시장을 좋아하고 눈을 좋아했다. 엽서 속 분주한 시장의 모습이 행복해 보였다. 나는 다시 한 번 엽서를 뒤집어 뒤에 뭔가 다른 정보가 없는지 찾아보았다. 그렇지만 엽서에 인쇄된 그림이 1930년대에 그린 시장 그림이라는 것뿐, 다른 독일어는 해석할 수가 없었다. 이 이야기는 독일어 선생님인 본회퍼 선생님한테 절대 말하지 말아야겠다.

엄마를 도와 아침 식사 뒷정리까지 다 마치자 딱히 할 일이 없었다. 숙제를 하기는 싫은데, 할 일이 없다고 하면 엄마는 숙제를 하라고 할 게 뻔했다.

"엄마, 제가 나가서 이 엽서 누구한테 온 건지 알아볼까요? 우체국에 가서 물어볼게요."

"그러든지. 그럼 엽서 가지고 가렴. 그동안 엄마는 할머니 집 좀 정리해야겠다. 우선 아빠한테 전화하고, 할머니 물건 중에서 귀중품들은 어디로 좀 치워 놔야겠어. 다행히 스노이도 잠들었네. 참, 어젯밤에 말한 그 애견훈련교실에 스노이 데려가는 거 진짜 괜찮은 거지? 내일 점심에는 나가서 필요한 것 좀 사 올까 해."

말을 마친 엄마가 한숨을 푹 쉬었다. '나한테 도와 달라는 이야기일까' 잠시 고민했지만, 때로는 엄마에게 그냥 맡기는 것이 최선이라는 결론을 내렸다.

나는 우리 동네 우체국을 좋아한다. 우체국이라고는 하지만, 동네 끝자락에 있는 화이트호스 펍(영국의 전통적인 술집) 건물에 덧대어 지은 작은 창고다. 근처에는 내가 다닌 초등학교도 있다. 칼 데이비스 엄마가 우체국 '주인'이나 마찬가지다.

몇 해 전에 정식 우체국이 문을 닫고 가정집으로 개조되자, 데이비스 아줌마가 펍 주인과 협의해 이 장난감 같은 우체국을 열었다. 아주 자그마한 규모지만 건물을 빙 둘러 조그만 깃발을 조르르 걸고 창문에는 기다란 화분도 놓은 덕택에 마치 보물 창고처럼 보였다. 어렸을 때는 학교가 끝나고 우체국으로 가서 세일 바구니에 있는 과자나 비눗방울 기구 같은 것을 사는 일이 특별 행사였다.

계산대 줄은 늘 길었는데, 아줌마가 수다 떠는 걸 아주 좋아하기 때문이었다. 동네 소문을 훤히 아는 데이비스 아줌마라면 마리아 바이어라는 사람도 알 것 같았다.

나는 들어가기 전에 잠깐 멈춰 서서 우체국 창문에 붙은 광고 전단을 읽었다. 건축업자 두 사람이 일감을 구한다는 공고를 냈다. 둘 다 아는 사람이었다. 루시 뱅크스의 아빠와 쇼나 윌리엄스의 큰 오빠였다. 칼럼 앤드루스의 누나인 로라 언니도 아기를 봐 준다는 광고를 냈고, 어떤 사람은 차를 판다고 했다. 닭이랑 오리를 판다는 광고도 있었다. 우리 집에 정원이 있으면 닭이랑 오리를 기를 텐데……. 할머니 친구인 캐롤 할머니와 그 아들인 닐 아저씨가 정원을 가꿔 준다는 광고도 있었다.

문을 열고 들어가려는데 데이비스 아줌마가 고함을 치는 소리가 들렸다. 화가 난 게 아니라 영국인이 아닌 다른 나라 사람에게 이야기할 때 쓰는 방식이었다. 외국인 노동자 한 명이 계산대에 있었다.

"여기서는 송금할 수 없어요. 위험해요. 시내 은행으로 가요."

아줌마가 고함쳤다.

"가족한테요. 가족한테 보내는 거예요."

외국인이 대답했다.

"알아요. 그런데 여기서는 보낼 수가 없어요. 은행으로 가요, 시내에 있는. 그게 안전해요."

"네? 저희 가족한테요? 여기서 못 보내요?"

"버스를 타야 해요. 시내로 가세요. 은행이요. 현금으로 너무 큰돈이에요. 은행에서 송금하는 게 안전해요. 알겠어요? 내가 어떻게 해 줄 방법이 없어요."

데이비스 아줌마는 외국인 노동자 어깨 너머로 다음 차례를 기다리고 있는 로리 블랙의 엄마를 쳐다보았다. 외국인은 고개를 설레설레 저으면서 내 옆을 지나 밖으로 나갔다.

"저 봉투 불룩한 거 보셨어요? 분명 현금이 잔뜩 들어 있을 거예요. 어떻게 저만큼 벌었는지 모르겠네요."

데이비스 아줌마가 말했다.

"농장에서 일하는 사람 아니에요? 월급을 모았겠죠."

블랙 아줌마가 말을 받았다.

"글쎄요, 저렇게 모을 만큼 많이 받을 것 같지는 않아요. 제가 어디서 들었는데 저 사람들은 번 돈을 다 싸구려 맥주 마시는 데 쓴다나 봐요. 요즘 아드님은 잘 지내요? 대학교에 다니죠?"

데이비스 아줌마만의 대화법이다. 절대로 한 가지 화제로 오래 이야기하지 않는다.

"네, 이번 학기는 폴란드에 가서 들어요. 지금 아들한테 보낼 편지에 붙일 우표 사러 왔어요."

"아드님이 폴란드에 있어요? 우리 중에도 외국으로 나가는 사람이 있다는 말을 들으니 반갑네요. 분명 가서 잘할 거예요. 장하기도 하지! 로리가 형을 보고 싶어 하겠네요. 우리 칼은 나이가 들어도 외국으로는 못 보낼 거예요. 걔는 떠나는 걸 싫어해서, 친구 집에서도 하룻밤 자고 오는 법이 없어요. 정말 마마보이라니까요."

데이비스 아줌마가 활짝 웃었다.

당장이라도 케이트에게 달려가 칼이 마마보이라고 이야기하고 싶었다. 장담컨대 칼은 자기 엄마가 그런 이야기하는 걸 들으면 질색할 것이다. 아줌마 말을 녹음해 두었다가 칼이 깐죽거릴 때 뒤에서 틀면 정말 좋을 텐데…….

데이비스 아줌마가 블랙 아줌마가 사 갈 물품을 챙기는 동안, 나는 세일 바구니를 들여다보았다. 어렸을 때는 아줌마가 파는 색칠공부가 좋았는데 지금은 '타고난 금발을 드러내' 준다는 특별 샴푸에 눈이 갔다. 내 머리가 금발이 아니란 걸 알고 있지만 그래도 한번 시험해 보고 싶었다.

"제시 왔구나, 뭐 줄까? 그나저나 고생이 많은 네 아빠는 요즘 프랑스에서 어떻게 지내신다니?"

블랙 아줌마가 가게를 나서자 데이비스 아줌마는 나에게 물었다.

"잘 지내세요. 고맙습니다. 그런데 아줌마, 우리 할머니 집으로 엽서가 왔는데요, 받는 사람이 누군지 모르겠어요. 마리아 바이어라는 사람한테 온 거에요. 혹시 누군지 아세요?"

"마리아라, 보자."

데이비스 아줌마는 이런 상황을 좋아했다. 마을 팬터마임 대회가 열리면 매번 활약하는 만큼, 어떻게 하면 상황이 극적으로 보일지 잘 알았다. 아줌마는 엽서를 들어 전등에 비추더니 안경을 썼다 벗었다, 엽서를 돌렸다 뒤집었다 하면서 자세히 살펴보았다.

"내 생각에는 베이커 부인한테 온 것 같은데. 그 댁으로 한번 가 보렴. 그분 이름이 마리아였던 것 같아. 예전 우체국 근처, 고풍스러운 대저택에 사는 부인 말이야."

데이비스 아줌마가 엽서를 돌려주었다.

"그 엽서, 나도 한번 볼까?"

내 뒤에 서 있던 존스 할아버지였다. 할아버지는 해마다 11월이 되면 오래된 군복을 꺼내 입고 우체국 바깥에서 양귀비꽃을 팔았다. 양귀비꽃은 제1차 세계 대전 참전 용사를 기리는 11월의 영령 기념일에 바치는 꽃이다. 할머니는 늘 존스 할아버지한테서 꽃을 사서, 나와 프란체스카에게도 한 송이씩 주었다.

"이건 볼 것도 없이 마리아 B. 아이어 부인에게 온 걸 거다. 가게 옆 하얀색 작은 집에 아이어 부인이라고 살지 않냐. 알파벳 하나 정도 실수하는 거야 흔한 일이지. 거기 가서 물어보려무나."

할아버지는 엽서를 돌려주었다.

나는 샴푸를 하나 사고 베이커 할머니 집을 찾아가 봤지만,

할머니는 자기한테 온 엽서가 아니고 아는 사람 중에 독일에 가 있는 사람도 없다고 했다. 아이어 할머니 집에 갔더니 닐 아저씨가 앞마당을 손질하고 있었다. 할머니는 쇼핑하러 가서 없다고 했다.

닐 아저씨는 다운 증후군이다. 기억을 더듬어 보면 내가 아주 어릴 적부터 쭉 우리 동네 정원들을 손질해 왔다. 우리 할머니는 닐 아저씨를 만날 때마다 아주 꼭 안아 주었다. 닐 아저씨는 자기가 좋아하는 사람이 아프면 안절부절못하며 몹시 걱정했다. 캐롤 할머니가 우리 엄마에게 전해 준 말에 따르면, 몇 년 전에 할머니가 허리가 아파 병원에 갔다는 소식을 들은 날부터 닐 아저씨는 잠도 제대로 자지 못했다고 했다. 그래서 닐 아저씨에게 할머니가 몸이 좋지 않다는 이야기는 안 하는 게 나을 것 같았다. 그냥 아이어 할머니 우편함에 쪽지를 남기기로 했다.

엄마는 내가 주머니에 뭘 잔뜩 넣고 다닌다고 늘 잔소리하지만, 그건 꽤 유용한 습관이었다. 주머니에서 오래된 토피(사탕수수의 농축액) 사탕과 볼펜이 나왔다. 껍질을 까서 사탕을 입에 쏙 넣고—맛도 아직 괜찮았다—, 닐 아저씨가 찾아 준 종이에 아이어 할머니가 독일에서 올 엽서를 기다리고 있는지, 기다리고 있다면 나에게 연락해 달라고 적어 우편함에 넣고 집으로 돌아왔다.

집에 도착하자 엄마가 잔뜩 짜증 난 얼굴로 나를 맞았다. 스노이는 목줄을 단 채 방방 뛰고 있었다. 내가 와서 정말 반갑다는 뜻이겠지. 내가 반가운 건 엄마도 마찬가지였다.

"제시, 드디어 왔구나. 스노이 때문에 못살겠어, 정말. 울타리 안에서 하도 울기에 밖에 내놨거든. 그런데 잠깐 한눈판 사이에 이 층으로 올라갔지 뭐니. 그러더니 할머니 침대 밑에 있던 이 상자를 꺼내서 갈기갈기 물어뜯어 놓은 거야. 전부 찢어지기 전에 떼어 놓긴 했는데, 이것 좀 봐!"

식탁에 놓인 종이 상자는 여기저기 침으로 축축해진 데다 너덜너덜했다.

"할머니가 편지랑 옛날 사진들을 모아 두신 상자 같아. 할머니한테 소중한 것일 텐데, 속상해 죽겠어."

엄마는 화가 많이 난 것 같았다.

나는 상자 뚜껑을 열었다. 축축한 부분도 있지만 안쪽은 그럭저럭 괜찮았다. 상자 안에는 파란색 항공 우편 도장이 찍힌 우편물과 자그마한 흑백 사진이 가득했다. 제일 먼저 눈에 띈 것은 열네댓 살 되어 보이는 가냘픈 소녀가 굳은 표정으로 하얀색 독일셰퍼드를 끌어안고 찍은 사진이었다. 사진 속의 개는 꼭 스노이가 자란 모습 같았다. 왠지 모르게 소녀 얼굴에서 시선을 뗄 수가 없었다.

"엄마! 이 아이는 누구예요?"

엄마는 사진을 가져가서 쳐다보았다.

"글쎄다. 아빠는 할머니 쪽 친척 사진은 본 적이 없다고 했는데."

사진을 뒤집어 보았지만 이름은 없었다.

다른 사진들도 뒤져 보려 하는데 엄마가 막았다.

"엄마 생각에는 할머니가 오실 때까지 기다렸다가 같이 보는게 좋을 것 같아. 상자를 새로 구해서 물건들을 옮기고 잘 보관해야겠다."

엄마가 새 상자를 찾으러 간 사이 나는 사진 속의 소녀와 개를 다시 들여다보았다. 이상하게도 소녀가 나를 마주 보고 있다는 느낌이 강하게 들었다. 상자 안으로 돌아가기 싫다고 말하는 것 같았다. 애처롭게 개를 끌어안은 소녀의 눈과 내 눈이 마주쳤다.

나는 사진을 주머니에 집어넣었다.

애견훈련교실

점심을 먹고 나서 엄마 차를 타고 블루벨 숲으로 향했다. 숲에 도착하자 사방에서 새들이 지저귀는 소리가 들렸다. 바보같이 들리겠지만 숲이 어찌나 짙푸른지 감동이 밀려왔다. 높이 솟은 나무 사이로 부는 바람마저 푸른 느낌이었다. 쏟아지는 빛 속에 있으려니 스테인드글라스로 둘러싼 대성당에 들어와 있는 것 같았다. 그림으로 그리고 싶은 광경이었다.

주차장에서 조금 떨어진 길가에 한 무리의 사람들이 보였다.

"너, 정말 괜찮겠니?"

엄마가 물었다. 나는 스노이보다 먼저 차에서 내리려고 낑낑거리고, 내 품에서 빠져나간 스노이는 나보다 먼저 내리려다가 목줄에 걸려 끙끙거리고 있었다. 나는 엄마가 스노이를 집 밖으로 내보내게 되어 얼마나 홀가분해하는지 잘 알았다. 스노이가 할머니 방을 다 망치기 전에 지금이라도 당장 안전 문을 사다가 이 층으로 올라가는 계단 앞에 설치하고 싶어 한다는 것도. 불쌍한 엄마. 일주일 내내 서점에서 일하고 겨우 맞은 주말을 이렇게 보내려던 생각은 아니었을 텐데…….

"괜찮을 거예요. 엄마, 이따 세 시에 봐요."

엄마는 내 대답을 듣고 차를 몰고 떠났다. 나도 개에 대해 아는 게 없어 솔직히 걱정이 됐다. 게다가 스노이가 하도 당기는 바람에 벌써 두 팔이 어깨에서 빠져나갈 것 같았다. 스노이는 썰매를 끌어야 할 개라는 의심을 안 할 수가 없었다.

벤 그린이 보였다. 사람들에게 가까이 다가갈수록 심장이 세차게 두근거렸다. 공부를 하나도 안 하고 시험 보러 가는 기분이었다. 개들을 데리고 기다리는 사람들이 조금씩 더 가까워졌다. 뭐라고 말을 걸어야 할지 막막했다. 가까이 갈수록 스노이가 점점 더 세게 당기는 바람에 결국 목줄을 놓치고 말았다. 다행히도—그때는 다행이라고 생각하지 않았지만— 어색할 뻔했던 분위기를 스노이가 단번에 날려 버렸다.

"정말로 죄송해요!"

내가 처음으로 내뱉은 말이었다. 스노이는 짖고 꼬리 흔들고 날뛰는 동작을―스노이 때문에 모든 개들이 일제히 짖어 대고 있었다― 동시에 해내고 있었다. 다른 개들과 목줄이 엉켜 떼어 내려고 애쓰는 내내 몇 번이고 거듭 사과했다. 실뜨기 실이 엉망진창으로 엉키는 모습을 보는 것 같았다. 유튜브에서 보게 되면 웃음이 나올 영상이었다. 나한테 일어난 일만 아니라면…….

내 얼굴이 새빨갛게 달아올랐을 즈음에 벤이 뛰어들어 스노이를 잡았다.

"정말 죄송합니다."

신이 난 스노이가 컹컹 짖는 소리를 뒤로하고 나는 벤 엄마에게 사과했다. 벤이 "엄마"라고 부르는 걸 보지 못했는데도, 벤 엄마가 누구인지 한눈에 알아볼 수 있었다. 녹색 눈동자에 짙은 색 머리가 벤과 똑같았다. 자그마한 체격의 벤 엄마는 녹색 재킷에 청바지를 입고 장화를 신고 있었다. 어찌나 재빨리 일행을 통솔하는지 살짝 무서울 정도였다. 순식간에 개와 주인이 서로 적당한 간격을 두고 한자리에 섰다.

"괜찮아!"

벤 엄마는 벤에게서 스노이 목줄을 받아 든 다음, 간식을 미끼로 마법을 부려 스노이를 진정시키고 옆에 앉혔다. 스노이도 발치에 얌전히 앉아 찬란한 여신이라도 보는 듯한 눈빛으로 벤 엄마를 올려다보았다. 벤 엄마는 스노이 쪽을 보지 않고 나에게 질문하면서 얌전히 앉아 있는 스노이에게 간식을 하나 더 물렸다. 스노이는 꼬리를 흔들며 기뻐했다. 강아지 간식. 나에게는 하나도 없었다. 망했다는 생각이 강하게 밀려왔다.

"네가 제시 맞지? 벤한테 들었다. 그럼 얘는 할머니 강아지겠지? 오늘은 내가 가르쳐도 될까?"

완벽한 미국식 발음에 깜짝 놀랐다. 벤은 완전히 영국식 발음이었기 때문이다. 게다가 벤 엄마 말투는 군인처럼 딱딱했다. 마지막에 나를 보고 웃어 주지 않았다면 무섭다고 생각했을 것이다. 벤 엄마 미소는 아주 근사했다. 한 번 웃으면 인상이 싹 바뀌는 미소였다.

"네, 그럼요! 잘 부탁드려요!"

나는 잠시도 가만히 있지 않는 하얀색 털 뭉치를, 얌전히 앉아 명령을 기다리는 차분한 강아지로 바꿔 놓는 놀라운 장면을 지켜보았다. 스노이는 벤 엄마가 들고 있는 간식에 홀린 것 같았다. 벤 엄마는 스노이를 껴안지도 쓰다듬지도 않았다. 그저 다른 개들 맨 앞에서 걷게 하면서 무작정 앞으로 나갈 때만 짧고 단호하게 목줄을 잡아당기고 왼쪽 다리 옆에서 잘 따라오면 자그마한 비스킷을 주었다. 그 결과 스노이는 마치 모델이라도 된 양 다른 개들에 앞장서 숲길을 걸었다.

"너희 엄마 마법사 같아."

나는 존경 어린 시선으로 벤 엄마를 바라보며 벤에게 말했다. 주차장에서 스노이가 소란을 피운 까닭에 처음에 했던 걱정은 순식간에 사라져 버렸다. 창피란 창피는 이미 다 당했다는 생각에 오히려 마음이 편했다. 벤이 나를 보고 활짝 웃자 기분이 한결 좋아졌다. 하루가 재미있을 것 같았다.

"평생 해 오신 일인걸. 외할머니도 미국에서 수의사였기 때문에 엄마는 어렸을 때부터 개들이랑 함께 자랐대."

"너도 강아지 키워?"

"응. 집에 몇 마리 있어."

말만 들어도 벤이 동물을 정말 좋아한다는 걸 알 수 있었다.

벤 엄마는 스노이를 데리고 걸으면서, 자기 개를 끌고 가는데 애를 먹는 주인들에게 요령을 가르쳐 주었다.

"줄리, 스파이크는 정말 열정적이군요! 딱 테리어다워요!"

벤 엄마는 복슬복슬한 털이 사방으로 뻗친 강아지에게 끌려가고 있는 할머니에게 큰 소리로 외쳤다.

"목줄을 확 당겨요. 네, 그렇게 왼편에서 따라오게 하세요!"

카림이라는 인상 좋은 아저씨는 커다란 까만색 래브라두들을 데리고 왔다. 이름은 트루디라고 했다. 벤은 꼬마 두 명이 데리고 온 잡종견 이름이 점블이라고 알려 주었다. 털이 덥수

룩한 점블은 꼬리도 잘 치고 펄쩍펄쩍 뛰어오르기도 잘했다.

"제니스, 그렇죠. 잘했어요. 오늘 샴페인이 참 잘 걷는군요."

벤 엄마가 예쁘게 생긴 갈색 코커스패니얼을 데리고 온 어떤 아줌마에게 말했다.

"우와, 이름이 우아해!"

내가 벤에게 말했다.

"고맙구나. 진짜 이름은 샴페인 프리티 걸 플라워 퍼피인데, 줄여서 샴페인이라고 부른단다."

제니스 아줌마가 대꾸했다. 아줌마는 벤과 내가 눈을 마주치고 웃음을 터뜨리기 직전에 앞서 걸어 나갔다. 멋진 하루가 될 것 같은 예감이 들었다.

산책로 끝 공터에 다다르자 벤 엄마가 멈춰 섰다.

"자, 이제 놀아 봅시다! 목줄을 풀고 개들을 놓아주세요!"

순식간에 개와 강아지들이 모두 한데 엉켜 뛰어놀았다. 스노이도 마찬가지였다.

"저래도 괜찮아?"

내가 벤에게 물었다.

"응. 개들 꼬리를 봐. 공격하려는 기색이 없잖아."

벤은 정말 많이 아는 것 같았다. 벤이 있어서 다행이었다. 안 그랬으면 불안했을 테니까.

벤 엄마가 다시 일행을 통솔했다.

"자, 이제 계속 걸어 봅시다. 아니, 아직 개들을 부르지 마세요. 우리가 어디로 가는지 보고 따라와야 해요."

우리가 걸어가자 개들이 따라왔다. 벤 엄마를 주인공으로 동화를 쓴다면 《피리 부는 사나이》 같은 이야기가 될 거라고 생각했다. 쥐 대신 개를 몰고 다니는 이야기. 벤 엄마가 주인들을 이끌고 걷기 시작하자 개들이 각자 주인을 따라왔다. 꼬리를 치기도 하고 뒹굴기도 하고 킁킁 뻐기듯 걷기도 했지만, 모두 주인 가까이서 걸었다. 정말 멋진 광경이었다.

벤이 나를 슬쩍 보더니 목소리를 가다듬었다.

"저기, 있잖아. 케이트가 이상한 걸 묻더라. 보호소에서는 입양처를 못 찾은 유기견은 안락사시키냐고. 너희 할머니가 '보호소 사람들이 스노이를 총으로 쏘려고 해서 데려왔다'고 하셨다던데?"

"뭐라고? 누가 어쩐다고?"

벤 엄마가 물었다.

"전 잘 모르겠어요."

내가 대답했다. 모두 나를 쳐다보는 상황이 당황스러웠다.

'케이트, 고맙기도 하다. 그 이야기를 하필 벤에게 물어야 했니?'

나는 속으로 중얼거렸다. 벤 엄마가 우렁차게 설명했다.

"이상한 이야기인걸. 스노이는 아주 건강한 강아지 같은데. 게다가 요즘에는 어쩔 수 없이 안락사를 시켜야 하는 경우에도 총을 쏘지는 않아. 뭔가 오해를 하신 게 분명해."

나는 고개를 끄덕였다. 이제 스노이 이야기는 그만했으면 싶었다. 그때 스노이가 마치 자기 이야기하는 걸 다 안다는 듯이 꼬리를 치면서 나에게 달려왔다.

"하얀색 셰퍼드 좋으니? 나도 한 마리 기르고 싶었는데, 우리 집사람이 래브라두들을 너무 좋아하는 바람에."

카림 아저씨가 허리를 숙여 스노이를 쓰다듬으면서 물었다. 벤 엄마는 나를 대신해 카림 아저씨에게 설명해 주었다.

"하얀색 독일셰퍼드 좋이에요. 저희 어머니가 예전에 하얀색 독일셰퍼드를 여러 마리 기르셨어요. 다음 주에 저희 어머니가 참석하실 건데, 그때 '하얀색 독일셰퍼드'라고 정확히 이야기하셔야 해요. 절대로 다른 이름으로 부르시면 안 돼요! 그 점에 관해서는 아주 까다로우시거든요."

그사이 스노이는 다시 강아지들에게 달려갔다.

우리는 산책로를 한 바퀴 돈 다음, 공터에서 강아지들이 뛰노는 모습을 지켜보았다. 스노이가 다른 강아지한테 올라타는 모습을 보고 깜짝 놀랐지만, 벤 엄마는 천하태평이었다. 벤이 원래 개들은 그렇게 놀다가 나중에 자기들끼리 서열을 정리한다고 설명해 주었다. 실제로 그랬다. 스노이가 분명 꿈틀대는 강아지 덩어리 맨 아래 깔려 있었는데, 다음 순간에는 솟아올라 혀를 쭉 내민 채 꼬리를 치며 바로 다른 강아지들과 한덩어리가 되었다.

제니스 아줌마는 샴페인이 가까이 올 때마다 기를 쓰고 털에 붙은 나뭇잎이나 흙을 털어 냈다. 개들이 서로를 해칠 마음이 전혀 없다는 사실을 믿지 않는 게 분명했다.

"우리 샴페인은 페디그리 도그 쇼에도 나갔었거든요. 훈련 교실이 이런 줄 몰랐어요. 우리 샴페인한테는 너무 과격한 것 같네요."

제니스 아줌마가 벤 엄마에게 말했다. 하지만 샴페인은 아주 신이 나 보였다. 때마침 스노이와 레슬링을 한판 벌여서 이기기까지 했다.

"좀 놀게 두세요. 무슨 일이 있으면 제가 나서서 중재할 거니까요."

벤 엄마가 퉁명스럽게 대꾸했다.

"몸값이 굉장히 비싸요. 우리 샴페인이랑 같은 혈통이 런던에서 열리는 크라프트 쇼(영국에서 열리는 세계 최대의 도그 쇼)에 나간 적도 있답니다!"

제니스 아줌마가 항의하듯 말했다.

"크라프트 쇼요, 모르세요?"

벤이 작은 목소리로 제니스 아줌마를 흉내 냈다. 나는 웃음
이 터져 나오는 바람에 콜록거리는 척해야 했다.

"우리 샴페인에 비하면 잡종들은 좀 사납잖아요."

제니스 아줌마는 샴페인을 잡종견인 트루디와 점블에게서
떼어 놓으며 말했다.

"그 손 놔요! 그냥 같이 놀게 두라고요!"

별안간 벤 엄마의 불호령이 떨어졌다.

"네?"

제니스 아줌마가 되물었다. 충격을 받은 것 같기도 하고 놀
란 것 같기도 했다. 보는 사람들도 당황했다. 사람들이 다 보
는 앞에서 혼이 난 제니스 아줌마는 얼굴이 새빨개진 채 울음
을 터뜨릴 지경이 되었다.

"아, 하필 그런 말을……. 우리 엄마는 잡종견도 똑같이 좋은
개라고 늘 말씀하시거든."

벤은 제니스 아줌마가 자기 개에서 손을 뗄 때까지 무서운
눈으로 노려보는 자기 엄마를 바라보며 말했다.

카림 아저씨가 제니스 아줌마 옆으로 다가가서 함께 걸어 주
었다. 제니스 아줌마도 무리에서 떨어져 나온 샴페인이 멀쩡한

걸 보고 진정한 것 같았다. 하지만 그 이후로 벤 엄마에게서 멀찌감치 떨어져 걸었다. 제니스 아줌마의 행동이 이해가 됐다. 내가 혼이 난 것도 아닌데, 나도 벤 엄마에게 가까이 가면 안 될 것 같은 느낌이 들었다.

잠깐 놀랐지만, 나머지 시간은 쭉 아주 즐거웠다. 벤은 내가 스노이를 훈련시키는 걸 도와주었다. 나는 목줄을 풀고도 스노이를 오 초 동안이나 가만히 있게 하는 데 성공했다. 다른 개들에 비교하면 보잘것없는 성과지만, 앞으로 더 잘할 수 있을 것 같았다.

솔직히 말하면, 벤이 옆에서 스노이를 쓰다듬어 주고 나한테 재미있는 이야기도 해 준다는 사실이 무엇보다도 기뻤다. 드디어 나도 벤에게 자연스럽게 말을 걸 수 있게 되다니! 벤은 스노이에게 쩔쩔매는 나를 보면서 자기 엄마를 흉내 내며 까불기도 했다.

"어허, 제시, 열심히 해야지. 조련사가 되려면 아직 멀었어."

벤은 미국식 억양으로 말했다. 그 소리에 벤 엄마는 뒤를 돌아보긴 했지만, 그냥 웃음을 지으며 손가락을 흔들어 보일 뿐이었다. 우리 엄마가 벤 엄마를 본다면 말만 무섭게 하는 거지, 사실은 굉장히 좋은 사람이라고 할 것 같았다. 제니스 아줌마가 동의할지는 모르겠지만…….

수업이 끝났다. 모두 인사하고 각자 개를 태우고 떠났다. 엄마를 기다리는 나와 스노이만 남았다. 벤 엄마는 수업료는 신경 쓰지 말라고 했다.

"할머니가 편찮으신 동안 강아지를 돌봐 주다니 아주 장하다. 그래서 아줌마도 도와주고 싶어. 네가 일관되게 훈육하면 스노이는 아주 멋진 개가 될 거야."

그때 내 휴대 전화가 울렸다. 엄마였다. 엄마는 떨리는 목소리로 다급하게 말했다.

"제시, 미안한데, 오늘 못 갈 것 같아. 벤 엄마가 너랑 스노이를 잠시 데리고 있어 줄 수 있을까? 벤 엄마 잠깐 바꿔 줄래?"

"엄마, 왜 그래요? 무슨 일 있어요?"

통화 내용이 들렸는지 벤 엄마와 벤도 놀라는 듯했다.

"제시, 엄마는 괜찮아. 할머니 일이야. 할머니한테 사고가 나서 지금 고모랑 같이 병원에 있어. 잠깐 벤 엄마 좀 바꿔 줄래? 너는 아무 걱정 마. 곧 다 괜찮아질 거야."

하지만 괜찮지 않았다. 아직은……

과거로 돌아간 할머니

벤 엄마의 차를 타고 병원에 가니, 입구에서 엄마가 근심이 가득한 얼굴로 우리를 기다리고 있었다. 벤 엄마가 스노이는 걱정하지 말라며 집으로 데려가서 돌봐 준다고 했다. 스노이는 벤 무릎에 얌전히 앉아 있었다. 그렇게 벤이 집으로 돌아갔다.

바로 한 시간 전에 본 푸른 숲이 다른 세상 같았다. 이제 내 앞에 펼쳐진 세상은 쿵쿵 울리는 바닥과 웅웅 울리는 엘리베이터였다. 엄마와 나는 길게 이어진 새하얀 복도를 따라 빠른 걸음으로 할머니에게 향했다.

가는 길에 엄마가 상황을 설명해 주었다. 고모 집에 있던 할머니가 밤중에 깨서 화장실에 다녀오다가 발을 잘못 디뎌 계단에서 굴러떨어졌다고 했다. 밤새 응급실에 있다가 오전에 일반 병실로 옮겨졌고, 고모가 어젯밤부터 내내 할머니 곁을 지키다가 방금 집으로 갔다고 했다. 고모도 쉬어야 하니까.

할머니 병실 입구에 도착한 엄마와 나는 문 앞에서 양손을 소독한 다음 간호사가 열어 주는 문으로 들어갔다. 문을 열자마자, 할머니 목소리가 들렸다. 침대에서 내려온 할머니가 고래고래 소리를 지르고 있었다.

"날 여기 잡아 두진 못해! 집에 갈 거다! 여기 있다가 네놈들 손에 죽지 않을 거란 말이다!"

할머니는 환자복 차림으로 서 있었다. 손에 달린 기다란 고무관은 거치대에 걸린 링거액 주머니로 이어져 있었다. 간호사가 링거액 주머니가 떨어지지 않게 붙잡고 할머니를 진정시키고 있었다. 할머니는 간호사들을 밀치며 몸부림쳤다.

"진정하세요. 그러다가 주삿바늘 다 빠지겠어요. 침대로 돌아가서 좀 쉬셔야 해요. 낙상한 충격이 너무 커서, 저희가 상태를 확인한 다음에 퇴원하실 수 있어요."

다른 간호사는 할머니 뒤에 서 있었다. 할머니가 넘어지면 부축하려는 것 같았다.

무서웠다. 할머니가 낯설었다. 술에 잔뜩 취한 왜소한 노파 같았다. 할머니는 병실에 들어선 나를 발견하고 소리를 질렀다.

"제시! 도와다오. 이놈들이 나를 여기에 가두고 죽이려고 해. 나한테 주사를 놓을 거야. 네가 할미를 도와줘야 한다."

할머니에게 달려갔지만 뭘 어떻게 해야 할지 알 수가 없었다. 나는 할머니가 뻗은 손을 맞잡았다. 그러자 할머니가 나를 껴안았다. 할머니는 아주 조그마해 보였고, 겁에 질린 것 같았다.

"할머니, 괜찮아요. 저희가 왔잖아요."

내가 말했다. 할머니는 엄마와 나를 따라 순순히 침대로 돌아왔지만, 잡은 손은 놓지 않았다. 할머니가 너무 세게 잡은 탓에 손이 아파 왔다.

"제시, 할미는 그 녀석들을 도와주고 싶었어. 전혀 몰랐어. 다 괜찮은 줄만 알았다고. 무슨 일이 벌어지는지 전혀 몰랐던 거야. 이제는 내가 당할 차례구나. 제시, 도와다오."

할머니가 속삭였다. 울먹이고 있었다.

간호사가 와서 이불을 덮어 주었지만 할머니는 뿌리쳤다. 이 세상에 존재하는 사람이 오직 나뿐인 듯, 할머니는 내 눈만 뚫어져라 바라보았다.

"할머니, 간호사 언니들은 할머니를 해치려는 게 아니에요. 치료하려는 거예요."

할머니는 세차게 고개를 저었다.

"아니야, 말만 그렇게 했지, 사실은 아니었어. 눈치챘어야 했는데……. 듣고 싶지 않았던 거야. 개들이 어떻게 될지 알아야 했어. 개뿐만이 아니야. 고양이도, 카나리아도……. 제시, 종이랑 볼펜 좀 가져다줄래? 부탁이다, 어서."

엄마가 핸드백을 뒤져 수첩과 펜을 찾아 나에게 주었다. 수첩과 펜을 건네받은 할머니는 덜덜 떨리는 손으로 수첩을 펴서 'JM'이라고 세 번 적었다. 그리고 수첩을 찢어서 세 장을 나에게 주었다.

"한 장은 케이트에게 주고 나머지 한 장은 프란체스카에게 주거라. 항상 가지고 다녀야 한다고 전해. 특히 케이트는 언제나 가지고 다녀야 한다. 그놈들이 오거든, 케이트한테 소파에 앉아 있으라고 해. 휠체어에 앉지 말고. 단추는 나중에 달 거라고 하고. 제시, 절대 그놈들과 행진하지 않겠다고 약속해 다오. 친구는 신중하게 골라서 사귀어야 해."

나는 쪽지를 내려다보았다. 아무 뜻도 없는 알파벳 두 글자.

'도대체 우리가 왜 이걸 가지고 다녀야 하지? 단추는 또 무슨 이야기일까?'

할머니가 그렇게 심각한 표정만 아니었어도 농담이라고 생각했을 것이다.

"알겠어요, 할머니."

나는 쪽지를 접어 주머니에 넣으며 대답했다. 그것밖에 달리

할 말이 생각나지 않았다. 갑자기 할머니가 나를 가까이로 끌어당겨 속삭였다.

"스노이는 어디 있니? 무사한 거야?"

"그럼요. 잘 있어요."

"숲으로 데려갔니?"

"네. 엄청 좋아하던걸요."

"다른 개들도 다 거기 있고?"

"네. 정말 많이 왔어요. 다들 함께 놀았어요. 얼마나 좋아했는데요."

"그렇게 많이 왔어? 그런데 다들 무사해?"

"그럼요, 틀림없이 모두 무사해요."

나는 속에 묵직한 돌덩이라도 걸린 듯 걱정이 되면서도 짐짓 자신 있는 목소리로 할머니를 안심시켰다.

"그래, 모두들 무사하다고……."

할머니는 베개에 깊숙이 기대어 앉으면서 큰 근심을 덜었다는 듯이 되풀이해 중얼거렸다. 그리고 또 물었다.

"다 행복하고?"

"그럼요. 다들 얼마나 신나 했는데요."

할머니가 왜 이렇게 애견 훈련을 궁금해하는 걸까?

"그래, 잘했다, 제시. 아주 장해."

나는 엄마를 올려다보았다.

"어머니, 금방 괜찮아지실 거예요."

엄마가 따뜻하게 말했지만 할머니는 듣지 못했다. 순식간에 잠이 들었으니까. 너무나 순식간이라서 기절할 만큼 놀랐다가, 할머니가 숨을 쉬는 걸 확인하고 나서야 마음을 놓았다.

"스스로 당신 몸을 힘들게 하시네. 분명 아침 내내 지금처럼 소리를 지르셨을 거야. 의사 말로는 낙상의 충격 때문에 나타나는 현상이래. 흔히들 그런다고."

엄마가 말했다.

엄마와 내가 옆 침대의 아줌마 환자를 면회 온 가족에게 미안하다는 표시로 웃어 보이자, 그 사람들도 마지못해 미소를 지어 보였다. 지금까지는 병실에서 고함을 지르는 사람이 당연히 아무도 없었겠지.

할머니는 몇 시간을 내리 잤다. 간호사들이 왔다 갔다 하면서 링거액을 조정하고 체온을 쟀다. 기계에서 삑삑 소리가 나고, 의사가 와서 엄마에게 충격이 어떻고 혈압이 어떻고 엑스레이 촬영 결과가 이렇고 칼륨 결핍이, 체액이, 염증이 어떻다고 설명했다. 나는 병원 매점으로 가서 엄마와 함께 먹을 샌드위치와 감자 칩을 사고 잡지도 몇 권 샀다.

"엄마, 나가서 좀 쉬다 오실래요?"

내가 엄마에게 물었다. 엄마 얼굴이 너무 파리한 데다 걱정과 근심이 가득해 보였기 때문이다.

"그래도 괜찮겠니? 잠깐만 나가서 바람 좀 쐬고 올게. 늦어도 십오 분 안에는 올 거야. 무슨 일 있으면 간호사 부르고."

엄마가 병실을 나갔다. 나는 침대 옆에 앉아 할머니를 바라보았다. 방울방울 떨어지는 링거액 때문에 꼼짝 할 수 없는 할머니는 종잇장처럼 가냘파 보였다. 나는 두 눈을 감았다.

'제발, 제발 할머니가 괜찮아지게 해 주세요.'

나는 속으로 기도했다. 갑자기 손에 할머니 손의 감촉이 느껴졌다. 나는 눈을 번쩍 떴다. 할머니가 나를 보고 있었다. 짧은 순간 기적이 일어난 줄 알았다.

할머니가 말했다.

"제시, 네가 여기 있어서 기쁘다."

"저도 제가 여기 있어서 기뻐요, 할머니."

"스노이는 어떠니? 스노이는 정말 똑똑한 강아지란다."

"네, 스노이는 정말 예뻐요."

안도감이 온몸으로 퍼졌다. 모든 것이 괜찮아질 것이다. 엄마도 이 장면을 함께 봤다면 좋았을 텐데.

"그래. 스노이한테는 말하는 법도 가르칠 수 있어."

할머니가 말했다. 좋지 않은 신호였다.

"할머니한테는 사촌 언니가 있었어. 언니는 학교에서 일했지. 개가 말하는 법을 배우는 학교였어."

할머니가 말을 계속했다.

"할머니, 그게 무슨 말씀이에요?"

내가 물었다. 할머니는 들릴락 말락 가만가만한 목소리였지만 꿋꿋하게 설명을 계속했다.

"학교 말이야. 하이디 언니는 아주 똑똑한 개들을 가르쳤어. 그들은 개들한테 말하는 법을 가르칠 수 있다고 생각했지. 그렇게 되면 보초 근무 서는 법도 가르칠 수 있을 거라고 했어."

"그래서 그중에서 말을 한 개가 있어요?"

나는 그렇게 물었다. 할머니 말을 믿지는 않았지만, 그것 말고는 달리 생각나는 질문이 없었다.

"아니. 하지만 거의 할 뻔했던 것 같아."

"전 할머니한테 하이디라는 사촌 언니가 있다는 이야기는 처음 들어요."

일단 누가 듣기 전에 '말하는 개'라는, 말도 안 되는 화제에서 벗어나고 싶었다.

"지금은 연락이 끊겼어."

할머니는 덧붙였다.

"연락하고 싶지도 않고."

그리고 다시 눈을 감았다.

어쩌면 그때 할머니에게 자세히 물어봐야 했을지도 모른다. 병원을 나서기 전에, 엄마에게 아니면 의사 선생님에게 할머니가 한 말을 전해야 했을지도 모른다. 하지만 나는 기도가 이루어졌다고 믿고 싶었다. 할머니는 고함을 지르고 몸싸움을 벌였지만 내가 기도하자 많이 진정되었다고, 그렇게 믿고 싶었다. 너무나 피곤해서 이상한 이야기를 했지만 원래의 따뜻하고 친절한 할머니로 다시 돌아온 것이라고. 내 소원이 이루어졌다고.

그냥 그렇다고 나 자신을 진정시키고 타이른 것인지도 모르겠다······.

외국인 노동자들

다음 날 아침, 눈을 뜨자 커피 향과 빵 굽는 냄새가 풍겼다.
게다가 아주 익숙한 목소리까지…….

"아빠!"

주인 없는 스노이 바구니를 지나쳐—스노이가 깼는지도 모
르고 계속 잤나 보다— 계단을 뛰어 내려가 보니, 벽에 기댄
채 기다란 두 다리를 쭉 뻗고 식탁 앞에 앉아 있는 아빠가 보
였다. 엄마가 바로 옆에서 미소 짓고 있었다. 아빠는 일어나
서 나를 껴안았다. 정확히 말하면, 엄마도 합류해서 나를 가운
데 두고 아빠를 껴안아 '제시 샌드위치'를 만들었다. 어렸을 때
는 엄마 아빠가 늘 이런 식으로 나를 안아 주었다. 보통 때라

면 나는 더 이상 어린아이가 아니라고 볼멘소리를 했을 테지만, 이번만은 온전히 즐기고 싶었다. 여기에 한껏 신이 난 스노이가 하얀색 털 뭉치 같은 몸을 우리 셋 사이로 던져서 잠깐 동안 일대 혼란이 벌어졌다.

아빠가 있으면 행복한 혼란이 자주 벌어진다. 아빠는 늘 즐거운 일을 생각해 내는 사람이고, 그런 아빠가 곁에 왔다는 것만으로도 엄마 얼굴에서는 벌써 근심 걱정이 완전히 사라졌다. '유리병이 반쯤 찼다'고 생각하는 유형이 있다면, 우리 아빠는 '병이 반쯤 찼을 뿐 아니라 찾아보면 분명 다른 병도 있다'고 생각하는 유형이었다.

"공사도 마무리했고, 밤새 운전해 온 덕에 아내와 딸도 봤고, 게다가 할머니한테는 벌써 좋은 소식이 들리는구나."

아빠가 말했다. 활기 넘치는 스노이는 이제 아빠 무릎에 앉아 있었다. 아빠가 말하는 동안에도 꼬리를 치며 아빠 얼굴을 핥짝거리려고 난리였다.

"테스가 문자를 보내왔는데, 어머니가 어젯밤에 아주 잘 주무셨고 병원에서는 내일쯤 퇴원해도 좋겠다고 했대."

"퇴원? 여기로? 벌써?"

엄마는 조금 놀란 얼굴이었다.

"그래, 다 괜찮을 거야. 당신은 걱정 마. 나도 휴가를 낼 거야. 우리 가족 다 같이 여기서 몇 주 지내면서 어머니가 일상 생활에 잘 적응하시는지 지켜보자고. 그리고 요 꼬마 녀석 때문에 힘들 일이 없는지도 보고."

아빠는 스노이를 바닥에 내려놓고, 걱정 말라는 듯 엄마를 안아 주었다. 그러자 스노이가 벌러덩 드러눕더니 고개를 이리저리 흔들며 엄마와 아빠를 올려다보았다. 펄럭이는 양쪽 귀에 까맣고 커다란 두 눈망울, 쭉 내민 혀까지, 애교로 엄마 아빠의 마음을 흔들어 놓겠다고 마음먹은 것 같았다. 엄마도 아빠도 웃음을 터뜨렸다. 스노이가 부리는 마법이 또 통한 것이다.

아침 식사를 마치고 우리 가족은 스노이를 데리고 산책에 나섰다. 숲은 아니지만 뒷동산도 마법의 세계처럼 느껴지긴 마찬가지였다. 들판 사이로 난 길을 따라 언덕 정상으로 올라가는 내내 주위는 아주 고요했다. 우리 말고는 아무도 없었다. 세상 모두가 《잠자는 숲 속의 공주》에 나오는 주인공처럼 여전히 잠들어 있는 것 같았다. 들밭에는 호밀이며 여러 곡물이 자라고, 갖가지 야생화가 풀이 무성한 오솔길 옆 밭섶에 활짝 피었다. 브라우니(7~10세 소녀를 대상으로 하는 걸 스카우트. 우리나라로 치면, 초등 1~3학년이 가입하는 개나리대에 해당한다.) 단원일 때 야생화에 대해 배웠기 때문에 꽃 이름을 다 알 만도 했지만, 작은 노란 꽃과 데이지꽃, 가느다란 파란 꽃, 그리고 화려한 양

귀비 외에는 떠오르는 이름이 하나도 없었다. 화창한 초여름 어느 날, 파란 하늘에는 목화와 똑같이 생긴 구름이 떠 있고, 새들이 지저귀고 있었다. 완벽한 날이었다.

"제시, 이 새 소리 한번 맞혀 볼래?"

"음. 블랙버드 아니에요?"

그냥 찍었는데 운이 좋았는지 맞았다고 했다.

내 방에는 어릴 때 크리스마스 선물로 할머니에게 받은 시계가 있다. 매시간 서로 다른 새 소리가 나오는 시계. 나는 그 새 소리를 모두 구별했다. 가족들은 내가 나중에 야생 동물 다큐멘터리에 출연하고 싶어서 새 소리를 하나하나 외우는 거라며 놀려 댔다. 소리를 들으면 무슨 새 소리인지는 잘 맞혔지만, 문제는 한 시간이 지나면 그 전에 나왔던 소리를 기억하지 못한다는 거였다.

그렇지만 아빠는 달랐다. 야생 생활에 아주 뛰어났다. 캠핑을 떠나 자연에서 산책을 하고 관찰하는 걸 사랑했다. 가족이 모두 함께 캠핑을 가면 텐트를 엉망진창으로 어질러 놓는 사람은 언제나 엄마였다. 그에 반해 할아버지와 할머니는 마치 군사 작전처럼 모든 일을 처리했다. 할머니는 텐트 자리를 정비했다. 낮 동안에는 빨랫줄을 쳐 침낭을 말리고, 가족들이 쓸 편안한 접이식 의자를 놓고, 깨끗한 머그잔과 냄비를 넉넉하게 준비하는 것도 잊지 않았다. 할아버지가 모닥불을 지피면 할머니는 맛있는 저녁을 요리하며 혼란 속에서 질서를 창조했다. 집에서도 마찬가지였다. 언제나 집 안을 아주 깔끔하게 정리 정돈했다. 비 오는 날에도 할머니는 진흙투성이가 되는 일이 결코 없었다. 할머니 텐트에는 캠핑 용품이 모두 찾기 쉽게 가지런히 정리되어 있었다. 그에 비해 우리 텐트에서는 엄마가 투덜대다가 뭔가에 머리를 부딪히는 소리가 종종 들렸다.

가족이 모두 다 함께 캠핑을 간 것도 몇 년 전 일이다. 할아버지가 돌아가시고 나서부터는 안 갔으니까, 내가 열 살 때 간 게 마지막이었나 보다. 갑자기 그리웠다. 할아버지도 할머니도 모두 다. 왜 모든 것은 변해야만 할까?

나는 아빠와 손을 잡고 나란히 걷는 엄마를 보았다. 아빠가 집에 있으니까 엄마는 훨씬 어려 보였다. 아빠가 부리는 마법도 스노이 마법처럼 잘 통했다.

"아빠, 할머니도 다 나아서 스노이를 산책시키러 나오실 수 있을까요?"

"당연하지! 할머니는 좀 쉬시기만 하면 돼."

아빠가 활기차게 대답했다.

벤 집의 정원으로 통하는 문이 나타나자 심장이 조금 빨리 뛰었다. 스노이가 울타리 아래로 넘어가서 어쩔 수 없이 벤을 불러야 할 일이 생기길 바라는 마음도 들었지만, 한편으로는 스노이가 앞장서서 언덕을 오르고 있는 게 다행이라고 느껴졌다. 스노이는 뒷다리가 움직이는 속도가 앞다리보다 훨씬 빨라서 걷다가 금방이라도 넘어질 것 같은 모습으로 언덕을 오르고 있었다.

정상에 도착한 우리는 벤치에 앉아서 미들본 마을 전경을 굽어보았다. 동화 속의 한 장면 같았다. 할머니 집이 보이고 정원이 딸린 커다란 저택이 여럿 보였다. 시내 중심가인 하이 스트리트에는 정육점과 빵집, 채소 가게, 약국, 굽타 아저씨네 작은 가게, 화이트호스 펍과 간이 우체국이 늘어서 있었다. 미들본 초등학교 옆 마을 운동장에서는 사람들이 이리저리 뛰어다니며 축구를 하는 모습이 자그맣게 보였다. 얼굴을 알아보기에는 너무 먼 거리라는 걸 알면서도, 혹시나 하는 마음에 눈을 가느다랗게 뜨고 축구하는 사람 중에 벤이 있나 한번 살펴보았다.

강물이 반짝거리며 목초지를 가로질렀다. 양 떼가 노니는 들판 옆으로 농장이 있고, 농장 근처로 이동식 주택이 줄지어 늘어서 있었다. 매년 새롭게 들어오는 농장 노동자를 위한 숙소였다. 오른쪽 바로 옆으로 뻗은 대로에서 트럭이며 자동차 소음이 아득하게 들려왔다. 그 소리에, 고요한 언덕이 더 특별하게 느껴졌다. 그리고 동화의 한 장면이 되기에는 아직도 부족

하다는 듯, 성마리아교회에서 종소리가 울려 퍼졌다.

"영국은 정말 아름답지 않니?"

아빠가 감탄했다. 아빠 양옆으로는 엄마와 스노이—이제는 목줄을 채운—를 안은 내가 앉아 있었다. 아래 보이는 그 아름다운 마을의 커다란 저택 중 하나가 예전에는 우리 집이었다는 사실은 누구도 말하지 않았다. 아빠 사업이 부도가 나서 은행이 빚 대신에 집을 가져가 버렸다고 엄마 아빠가 내게 말한 그 비참한 날에 대해서도 말하지 않았다. 엄마가 얼마나 흐느꼈는지, 아빠가 얼마나 머리를 숙였는지에 대해서도 누구도 입을 열지 않았다. 고모가 찾아와서 아빠 사업이 기운 것을 다 외국인 노동자 탓으로 돌리던 날에 대해서도…….

"테스, 그만둬. 그런 말은 아무 소용 없으니까."

아빠는 지친 목소리로 그렇게 말했었다. 아빠마저도 병의 물이 반쯤 차 있는 게 아니라는 사실을 아는 날이었다.

그 후로 우리 가족은 커다랗고 아늑한 우리 집에서 나와 동네 반대편에 있는 집을 빌려 이사했다. 원래 쓰던 가구들은 하나도 들어가지 않는 작은 집이었다. 아빠는 일자리를 찾아 멀리 프랑스로 갔다. 상점 밖에서 과일 농장 노동자를 볼 때마다 나도 모르게 고모의 말이 기억났다. 나는 엄마에게 외국인 노동자들이 자기네 나라말을 하면서 길이나 버스 정류장에 모여 있는 것도 싫고, 운동장 벤치에 앉아 있는 것도 싫다고 투덜댔다.

"그럼 그 사람들은 어디에 있어야 하니?"

엄마는 그렇게 되물었지만, 외국인들이 모여 앉아 있을 때 내가 혼자서 운동장을 가로지르는 것은 엄마도 좋아하지 않았다. 우리는 그 사람들을 모른다. 그 사람들은 우리말을 하지 않는다. 그리고 자기들끼리만 어울려 다닌다. 그게 위협적으로 느껴졌다.

산책을 마치고 집으로 돌아오고 나서, 아빠는 나에게 굽타 아저씨네 가게에 가서 신문 한 부와 그레이비소스 분말, 브레드소스를 사다 달라고 부탁했다.

"할머니 뵈러 가기 전에 오늘은 아빠가 고기를 좀 구울게. 간 김에 엄마 잡지도 사 올래? 엄마가 좋아하게 표지가 코팅된 걸로. 그리고 네 것도 뭐든 좀 사고."

아빠가 지폐 몇 장을 주었다.

집에 아빠가 있다는 것만으로도 상황이 훨씬 나아졌다. 아빠가 돌아와야 했던 이유가 몸이 안 좋은 할머니 때문인 건 안타까웠지만, 그래도 아빠가 돌아와서 좋았다. 할머니도 건강을 되찾고 아빠도 집으로 돌아와서, 모든 것이 옛날처럼 제자리를 찾기만을 바랄 뿐이었다.

휴대 전화가 울렸다. 케이트였다.

"역사 시간 끝나고 야스민하고 벤이랑 이야기할 때, 내가 다 같이 영화 보러 가자고 한 거 생각나지?"

당연히 생각났다. 나라면 수백만 년이 지나도 벤에게 영화 보러 가자는 말 따위는 하지 못할 거라고 생각했던 것도 똑똑히 기억났다. 다음 주 토요일에 숲에서 한 번 더 만난다면, 그 이후에는 할 수 있을지도 몰랐다.

"만약 우리가 간다고 하면 엄마가 오늘 오후에 영화관에 태워다 주신대. 엄마가 야스민 부모님한테 물어보셨는데 허락하셨고, 내가 벤한테 전화했더니 걔도 좋대. 같이 갈 거지? 끝나고 엄마가 바래다주실 거야."

케이트는 언제나 상상 이상이었다. 당연히 같이 가고 싶었다. 아침부터 운이 좋다 했더니 점점 더 좋아지고 있었다.

할머니 병문안 대신 영화관에 가도 좋다는 허락을 받고 나서, 시내로 가는 길에 케이트에게 답문을 보냈다. 죄책감이 조금 들었지만 한편으로는 홀가분했다. 병문안을 안 가면 할머니가 아프다는 사실을 잊을 수 있었다.

가게에 도착해 보니 굽타 아저씨는 농장에서 일하는 외국인 노동자들을 상대하느라 바빴다. 나는 외국인들 옆을 지나쳐 신문과 잡지 매대로 갔다. 매대에 진열된 일요일 자 신문의 머리기사는 다들 비관적이었다. 일자리가 없다는 머리기사를 쓴 신문이 두 종, '믿을 수 없는 망명 신청자들'에 대해 쓴 신문이 한 종, 노인 복지에 쓸 예산이 다 떨어졌다고 쓴 신문이 한 종, 그리고 런던에 테러 공포가 번지고 있다고 쓴 신문이 한 종이었다. 아빠가 사다 달라고 한 신문의 머리기사는 경제 문제를 지적하고 있었다.

엄마 잡지 고르는 건 훨씬 재미있었다. 잡지마다 살이 쪽 빠진다는 특별 식단이나 연예인처럼 보이게 해 준다는 화장 비법을 내세웠다. 그런데 다루는 식단과 연예인이 저마다 달라서, 내가 알 수 있는 건 세상에는 비법이란 것이 아주 많다는 것뿐이었다. 나는 엄마가 좋아하는 잡지가 어떤 것인지 알고 있었다. 그래서 식단을 다룬 잡지는 그냥 두고, 작은 깃발을 조르륵 건 널찍한 주방과 도시락 바구니가 표지 사진으로 나온 잡지를 골랐다. 사은품으로 주는 립스틱이 훨씬 비싸니까, 잡지는 거저나 마찬가지인 셈이었다.

내 몫으로는 계산대 앞에 진열된 초콜릿을 하나 사고 기분 좋게 굽타 아저씨네 가게에서 나왔다. 모든 일이 다 잘 풀릴 것 같았다. 아빠가 돌아왔고, 고모도 할머니가 한결 나아졌다고 했다.

'내가 하루쯤 병문안을 안 간다고 해도 큰 문제가 아닐 거야. 할머니는 곧 집으로 돌아오실 테니까.'

할머니 생각을 하며 굽타 아저씨네 가게 앞 버스 정류장을 지나가는데, 닐 아저씨가 보였다. 아저씨는 몸을 잔뜩 수그린 채 울면서 화분 조각을 그러모으려고 애쓰고 있었다. 바닥에는 화분 네 개가 조각조각 깨져 사방팔방으로 튀어 있었다.

"내가 정류장에 내리니까, 걔들이 와서 세게 밀었어. 그래서 꽃을 다 떨어뜨렸어. 다들 웃으면서 나한테 나쁜 말을 했어."

닐 아저씨가 설명했다. 지독한 일이었다. 아저씨는 벌벌 떨고 있었다.

"누가요?"

내가 물었다. 그렇지만 답은 이미 나와 있었다.

"농장에서 일하는 외국인 노동자들이죠?"

이건 정말 불공평했다. 오늘은 아주 기분 좋은 하루였다. 지금까지는. 그런데 그 사람들이 오늘 같은 날마저도 모두 망쳐 버렸다. 늘 이곳 주위를 어슬렁댄다지만, 얼마나 악독하기에 닐 아저씨를 밀칠 수 있었을까? 분명 재미 삼아 그랬을 것이다.

그 사람들이 오기 전에는 모든 것이 좋았다. 아빠 일자리를 빼앗아 간 것도 모자라 이제는 내가 아끼는 사람들에게 상처를 주다니! 그냥 자기네가 있었던 곳으로 전부 돌아가 버렸으면 좋겠다고 생각했다.

누가 닐 아저씨를 밀쳤나?

"저기, 내가 치울게."

돌아보니 가게에서 봤던 외국인 노동자 한 사람이 빗자루와 쓰레기봉투를 들고 서 있었다.

"이거, 가게에서 빌려 왔어."

"왜 그랬어요? 왜 닐 아저씨를 괴롭혔냐고요?"

나는 그 외국인을 노려보았다.

"뭐라고?"

외국인이 얼굴을 찌푸리며 말했다. 내가 한 말이 무슨 말인지 곱씹어 보는 것 같았다.

"제시, 아니야. 이 사람 아니야. 이 사람이 안 그랬어."

닐 아저씨가 말했다.

아저씨와 외국인 남자가 나를 쳐다보았다.

"오해했다면 죄송해요. 도와주신다니 고맙습니다."

나는 딱히 친절하다고 할 것도 없이 예의를 갖춰 말했다. 화가 가라앉지 않았다. 이 사람이 아니래도 외국인 노동자가 한 짓이니까.

"괜찮아. 그런데 당신 괜찮아요?"

외국인 남자가 닐 아저씨에게 물었다.

"괜찮아요. 고마워요."

"빗자루는 내가 가져다 둘게. 잠깐만."

외국인 남자는 쓰레기봉투를 단단히 묶어서 쓰레기통에 버린 다음, 빗자루를 들고 굽타 아저씨네 가게로 되돌아갔다.

"아저씨, 누가 그랬어요?"

나는 그 남자가 없는 틈을 타서 닐 아저씨에게 물었다.

"여자애들이랑 남자애들이."

"아저씨, 걔네들 어느 쪽으로 갔어요?"

화가 치밀어 올라서 무슨 일이든 다 할 수 있을 것 같았다. 닐 아저씨가 굽타 아저씨네 가게 쪽을 쳐다봤다. 우리를 도와준 외국인 남자 뒤로 아이들 몇 명이 낄낄대며 가게에서 나오고 있었다. 한 학년 위인 데니 윌리엄스와 리암 스미스, 거기에 니콜라 바커 그리고…… 프란체스카. 내가 가게에 있을 때 안에 같이 있던 것이 틀림없었다. 프란체스카답게 '안녕'이라는 인사도 하지 않았다.

"저 애들이 그랬어."

닐 아저씨는 고개를 움츠리고 다시 중얼거렸다.

"저 십 대 아이들."

"뭐라고요? 아저씨, 확실해요? 확실히 저 애들이에요?"

"응. 저 애들이 나를 밀치고 막 욕했어."

'말도 안 돼.'

낯선 외국인 남자의 짓이라고 생각했을 때는 왜 그랬냐고, 쉽게 화내며 물었다. 닐 아저씨를 도와주러 온 사람이었는데도……. 하지만 데니와 리암 그리고 니콜라와 프란체스카를 보니 앞에 가서 따질 엄두가 나지 않았다.

"아저씨, 가요. 우선 저희 집으로 가세요. 쟤들은 신경 쓰지 마세요. 바보들이니까요."

내가 말했다.

"괜찮아?"

외국인 남자가 걱정스러운 눈빛으로 나를 바라보며 물었다.

"그럼요. 고마워요."

내가 대답했다.

"도와줘서 고맙습니다."

닐 아저씨도 인사했다.

나는 아저씨와 함께 자리를 떴다. 그 애들을 그렇게 피한 건 비겁한 행동이었다. 그렇지만 내가 프란체스카에게 가서 뭐라고 할 수 있었을까?

닐 아저씨를 밀치면 안 된다고? 너랑 다르다는 이유로 사람을 웃음거리로 만들면 안 된다고?

내가 말하면 걔들이 듣기라도 하려나. 데니와 리암과 니콜라는 그냥 비웃고 말겠지. 프란체스카는? 잘 모르겠다. 이제는 프란체스카에 관해서는 아무것도 모르겠다. 아무리 변했다고 해도 누군가를, 특히 닐 아저씨 같은 사람을 괴롭힐 거라고는 상상도 하지 못했다. 내 사촌한테 뭐라고 말할 수 있었을까? 최악이었다. '루저'가 된 느낌이었다.

나는 닐 아저씨와 함께 우리 집으로 갔다. 엄마 아빠는 무슨 일이 있었는지 듣고 나서 충격을 받았다. 그 십 대 아이들 중한 명이 프란체스카라는 걸 알았다면 충격이 더 컸을 것이다. 하지만 엄마와 아빠는 이미 할머니 문제만으로도 충분히 머리가 아픈데, 즐겁게 보낸 아침까지 망치고 싶지 않았다. 나는 벤과 케이트, 야스민과 함께 영화를 보러 가고 싶지, 또 다른 가족 문제에 휘말리고 싶지 않았다. 그래서 잠자코 있었다. 거짓말을 하지는 않았다. 한 도막이 빠진 이야기를 했을 뿐이었다. 나중에 프란체스카에게 직접 말할 생각이었다.

엄마 아빠가 차례로 닐 아저씨를 안아 주었다. 그리고 할머니 병문안 가는 길에 아저씨를 집에 태워다 주겠다고 했다. 나는 아빠의 말을 들으면서 영화관에 갈 준비를 했다. 우체국에서 산 샴푸를 쓰고 싶었다. 샴푸가 내 하루를 다시 즐겁게 돌려놓을지도 모른다는 생각이 들었다.

◆

"제시는 머릿결이 참 좋구나. 언뜻언뜻 금빛이 도는걸."

나를 데리러 온 케이트 엄마가 말했다. 샴푸가 효과가 있는 것 같았다. 차 안에 케이트와 벤, 야스민이 타고 있었다. 친구들을 보니 이루 말할 수 없이 반가웠다. 기분이 다시 좋아지기 시작했다.

영화를 보면서도 배꼽을 잡고 웃었지만, 친구들과 어울려 노는 것은 더 재미있었다. 야스민은 학교에서 보는 것과는 아주 달랐다. 조용하고 부끄러워하던 모습은 온데간데없고 밝고 정말 즐거워 보였다.

한참을 놀고 나서 케이트 엄마가 우리를 다시 데리러 왔다.

제일 먼저 야스민이 사는 민박집으로 갔다. 야스민네 가족이 민박한다는 것은 원래부터 알고 있었다. 가족들과 여행하면서 지냈던 민박집처럼, 작지만 아늑한 곳일 거라고 짐작했다. 솔직히 고백하면 부러워하기도 했다. 우리가 새로 이사한 작은 집에서 사느니 민박집에서 사는 편이 낫다고 생각한 적도 있었다. 하지만 야스민이 사는 민박집에는 정문을 타고 올라가는 아름다운 장미 넝쿨 같은 건 없었다. 크고 낡은 그 건물은 간판 페인트가 다 벗겨지고 창문도 지저분했다.

케이트는 벤과 함께 차에 남고, 나와 케이트 엄마가 야스민과 함께 건물 현관으로 갔다. 야스민이 초인종을 눌렀다. 건물 주인이라는 아저씨가 아주 불친절한 태도로 문을 열어 주었다. 다행히 우리가 야스민의 집으로 함께 올라가도 좋다고 허락해 주었다. 계단이 어두침침한 것도 꺼림칙한데 이상한 냄새까지 났다. 요리하는 냄새와 화장실 악취가 섞인 것 같은 냄새였다. 케이트 엄마가 야스민이 집까지 무사히 들어가는 걸 확인하려는 이유를 알 것 같았다. 남동생이 문을 열었다. 이제 초등학교 6학년이라고 했다.

"정말 감사합니다."

야스민은 인사를 하고 집으로 들어갔다. 집보다는 방이 더 정확한 표현 같았다. 방 안은 사람들로 바글바글했다. 아기 울음소리도 들렸다.

"온 가족이 저 방 한 칸에서 사는 거예요?"

나는 계단을 내려가며 케이트 엄마에게 물었다. 들도 보도 못한 일이었다.

"그래. 야스민 아빠는 전에 아프가니스탄에서 영국군 통역사로 근무하셨대. 그러다가 탈레반한테 살해 협박을 받아서 가족들을 급히 도피시킬 수밖에 없었던 거야. 야스민 삼촌도 탈레반 손에 돌아가셨기 때문에, 그 협박이 허투루 하는 소리가 아니라는 걸 아셨던 거지. 지금은 가족들과 함께 영국에서 살 수 있을지 알아보고 계셔."

그 말을 듣자 슬퍼졌다. 그것도 아주 많이.

케이트 엄마는 나까지 내려 주고 집으로 돌아갔다. 병원에 다녀온 엄마와 아빠한테 할머니 혈압이 낮아졌다는 좋은 소식을 전해 들어도, 내가 아주 좋아하는 콩 치즈 토스트를 먹으면서도 슬픔은 가시지 않았다. 스노이를 꽉 껴안아 봐도, 영화에서 웃겼던 장면을 애써 떠올려 봐도 소용이 없었다. 계속 야스민이 생각났다. 병원에 홀로 있을 할머니, 버스 정류장에 서 있던 닐 아저씨도 생각났다. 그리고 프란체스카가 떠올랐다.

금빛으로 반짝반짝 빛나던 아름다운 하루가 빛을 잃어 가고 있었다. 새 동전의 빛이 점차 바래 가는 것처럼…….

나는 엄마 아빠에게 피곤하다고 말하고 방으로 왔다. 그러고는 수십 번을 읽었지만, 읽을 때마다 마음이 편안해지는 책을 한 권 꺼냈다. 《알프스 소녀 하이디》. 어릴 때 할머니에게 받은 책이었다. 나는 이 이야기가 좋았다. 할머니도 좋아한다고 했다. '하이디를 좋아하는 것.' 그게 내가 할머니의 어린 시절에 대해 알고 있는 전부다.

눈 덮인 산악 지대와 클라라, 피터, 염소 떼, 하이디, 무뚝뚝하지만 마음이 따뜻한 할아버지가 그리는 아름다운 세상으로 빠져들었다. 휠체어를 타고 다니는 클라라가 나오는 장면에서는 늘 케이트가 생각났다. 물론 케이트는 피터가 클라라한테 했던 것처럼 누군가 자기 휠체어를 빼앗아 산 아래로 던져 버리면 굉장히 화를 낼 테지만. 설사 그런 상황이 온다고 해도 케이트가 기적적으로 일어나 걷지는 않을 것이다. 인생은 동화가 아니니까.

하이디. 할머니한테 들은 사촌 언니 이야기가 떠올랐다. 그러자 개들 이야기가 떠오르고, 할머니 상자에 있던 사진들이 생각났다. 베개 밑을 더듬어 사진을 꺼냈다. 이렇게 사랑스러운 개를 안고 있는데 어째서 이토록 슬퍼 보이는 걸까?

"무슨 일이 있었는지 내게 말해 줄 수 있다면 좋을 텐데."

나는 그렇게 중얼거리고 나서 잠이 들었다.

케이트의 분노

"제시, 너 괜찮아?"

다음 날 아침, 사물함 앞에서 마주친 케이트가 물었다.

"응, 괜찮아."

반사적으로 대답이 나왔다.

"정말이야? 안 괜찮아 보이는데."

케이트가 다시 물었다. 갑자기 눈물이 흐르는 바람에 나는 사물함 옆의 의자로 가서 앉았다.

"그냥 좀 힘들어. 너도 닐 아저씨 알지? 정원 손질해 주시 는……. 어제 우리 또래 아이들이 닐 아저씨를 밀쳐서 넘어뜨 렸어."

프란체스카 이름은 섣불리 입 밖에 내지 않았다. 말로 전하지 않으면 사실이 되지 않을 것 같았다. 그렇지만 그건 진실이었다. 다만 내가 뭘 어떻게 해야 할지 모를 뿐이었다.

"그리고 아침에 고모한테 전화가 왔는데, 어젯밤에 할머니 상태가 아주 안 좋아지셨대. 우리가 아침을 먹는 사이에 스노이가 엄마 슬리퍼를 다 뜯어 놔서 엄마가 화를 아주 많이 내셨어. 스트레스도 엄청 받으셨고……. 아빠는 다 괜찮아질 거라고만 하시는데, 난 어떻게 다 괜찮아진다는 건지 모르겠어. 할머니가 집에 금방 오시지 못하면 스노이를 쫓아낼까 봐 걱정이야. 할머니가 집에 오셔도 스노이를 돌볼 만큼 좋아지지 않으실 수도 있잖아. 게다가 우리 집 주인은 동물을 절대로 못 기르게 하고. 이건 정말 너무하지 않니?"

나는 주머니에서 휴지를 꺼내서 코를 풀었다. 케이트가 나를 꽉 안아 주었다.

"진짜 너무하다. 힘내. 오늘은 우리 둘 다 최악의 날이구나. 난 방금 우리 배구부에 올해 지원금이 안 나올지 모른다는 소식을 들었어. 너에 비하면 별일 아니지만 그래도……."

케이트는 속상해도 나를 위로해 주려고 애쓰고 있었다. 나도 케이트를 위로해 주고 싶었다. 지원금 중단은 케이트에게 정말 심각한 소식이었다. 케이트는 운동을 잘했다. 수영 실력도 뛰어나고 양궁 시합에서도 여러 번 입상했지만, 좌식 배구는 특별했다. 이제 시작한 지 일 년 남짓인데, 다들 케이트가 다음 장애인 올림픽에 청소년 국가 대표로 나갈 수 있을 거라고 했다.

"케이트, 정말 속상하겠다. 점심시간에 배구 코트 가서 같이 연습할래?"

이건 내가 얼마나 마음 아파하는지를 보여 주는 제안이었다. 나는 운동은 꽝인 데다 배구 코트에 가는 것은 딱 질색이었다. 그렇지만 케이트는 배구 코트에 가면 언제나 기분이 좋아졌고, 나도 앉아서 할머니 걱정만 하는 것보다는 조금이라도 몸을 움직이는 게 나았다.

"제시, 고마워. 그게 도움이 될지는 모르겠지만, 그래도 오늘은 더 이상 나빠질 수는 없을 테니까……."

월요일 아침에는 항상 전체 조회가 있었다. 오늘 따라 교장 선생님이 아주 들떠 보였다.

평소에는 단상에 앉아만 있는 교장 선생님이 마이크를 잡았다는 건 정말 중요한—아니면 교장 선생님이 정말 중요하다고 생각하는— 발표가 있다는 뜻이었다. '건강한 식단 주간'의 일환으로 전교생 모두가 무료로 사과를 배식받게 되었다는 소식을 대대적으로 발표했을 때 교장 선생님은 마이크를 잡았다.

또 지난 화재 훈련 때 우왕좌왕하는 학생들을 보고 일사불란하게 움직이지 않으면 끔찍한 죽음을 맞을 수도 있다고 호통을 치며 마이크를 잡았다.

오늘은 환히 웃는 모습이니까 나쁜 소식은 아닐 것이다.

"또 사과가 무료로 나오는 걸까? 그러면 난 기뻐서 까무러칠 것 같아."

내가 케이트한테 속삭였다.

"그래. 이번에는 햇사과이길 바라자. 그러면 이제까지 있었던 나쁜 일은 다 아무것도 아니지 뭐."

우리는 함께 킥킥대고 웃었다. 하루가 점점 나아지고 있었다.

교장 선생님이 마이크를 톡톡 쳐서 주의를 집중시켰다.

"이런 소식을 전하게 되어 무척 자랑스럽습니다. 방금 우리 학교 학생인 케이트 올리버가 좌식 배구 청소년 국가 대표로 뽑혔다는 전갈을 받았습니다. 이는 올리버 학생 개인뿐 아니라 우리 학교로서도 큰 영광이 아닐 수 없습니다."

"케이트! 정말 대단해! 왜 말 안 했어?"

나는 케이트에게 속삭였다.

"나도 몰랐어! 학교에 먼저 알렸나 봐!"

케이트는 엄청 놀란 듯했지만 동시에 기뻐서 어쩔 줄 몰라 했다. 드디어 좋은 소식이 있다는 생각에 나까지 신이 났다.

'이제 학교에서도 배구팀 지원을 중단하겠다는 생각은 안 하겠지?'

"내내 앉아서 하는 운동이라. 그것 참 어렵기도 하겠다."

프란체스카가 니콜라 바커한테 속삭이는 소리가 들렸다. 그러고는 둘이 같이 웃었다. 케이트의 얼굴이 빨갛게 달아올랐다. 케이트도 들은 것이 틀림없었다. 내가 노려봤지만 프란체스카는 시침을 뚝 떼고 정면만 쳐다보고 있었다.

"케이트 올리버, 단상으로 올라오세요."

교장 선생님이 말했다.

케이트는 혼자 힘으로 경사로를 올라 조회대로 갔다.

"교장 선생님, 제가 잠깐만 이야기해도 될까요?"

케이트는 단상에 올라가 숨을 고르고는 크고 또렷하지만 분노에 찬 목소리로 물었다. 교장 선생님은 조금 놀란 것 같았다.

"그럼요."

선생님은 케이트에게 마이크를 넘겼다.

"제가 말하고 싶은 바는 좌식 배구가 그저 '내내 앉아서 하는 운동'이 아니라는 점입니다. 아니, 분명히 경기 내내 앉아 있기는 하죠. 하지만 상체의 근력, 눈과 손의 협응, 체력과 팀워크가 필요한 운동이자 널리 인정받는 올림픽 종목이기도 합니다. 국가 대표가 되었다고 해서 다른 상을 받고 싶지는 않습니다.

팀의 일원이 되었다는 것 자체가 큰 상이니까요."

나는 프란체스카가 어떤 표정을 하고 있는지 살펴보았다. 프란체스카와 니콜라는 열변을 쏟는 케이트를 보며 실실 웃고 있었다.

"아, 그렇군요. 고마워요, 케이트. 그런데 케이트에게 상을 주려고 했던 것은 아닙니다."

마이크를 도로 받은 교장 선생님이 말했다.

강당 여기저기서 키득키득 웃는 소리가 들렸다.

케이트는 얼굴이 한층 더 붉어졌다. 케이트가 안쓰러웠다.

"상보다 더 좋은 거죠."

교장 선생님은 상황을 수습하며 말을 이었다.

"전교생이 받는 혜택이라는 점이 기쁩니다."

교장 선생님이 봉투를 높이 들며 발표했다.

"이 편지는 전교생이 볼 수 있도록 체육관 게시판에 붙여 놓겠습니다. 케이트의 성취를 높이 사서, 좌식 배구 국가 대표팀이 학교를 방문하여 수업을 해 준다고 합니다. 전교생 모두가 좌식 배구를 체험해 볼 기회입니다. 방금 케이트가 말한 대로 굉장히 난이도가 높은 스포츠지요."

교장 선생님은 케이트에게 봉투를 건네주었다. 케이트는 전교생의 박수갈채를 받으며 아주 거북한 얼굴로 휠체어를 밀어

제자리로 돌아왔다.

'왜 프란체스카는 늘 어깃장을 놓지 못해 안달일까?'

조회가 끝나고 나는 케이트와 함께 음악실로 갔다. 다행히 젬베(아프리카의 전통 타악기)를 배우는 시간이었다. 케이트와 나는 서로 다른 조였기 때문에 수업 시간 내내 아무 이야기도 하지 못했지만, 케이트가 젬베를 내려치는 강도만 봐도 아직도 화가 풀리지 않았다는 걸 알 수 있었다. 선생님이 반 전체 아이들에게 음량보다 박자가 중요하다는 말을 해야 할 정도였다. 나도 젬베를 치며 우울한 감정을 전부 몰아내고 싶었지만 잘 되지 않았다.

쉬는 시간이 되었다. 게시판 앞에는 체육 선생님들과 교장 선생님뿐 아니라 다른 아이들이 모여 있었다. 모두들 케이트에게 축하 인사를 건넸지만, 케이트는 그런 축하를 편안히 받지 못하고 금세 무리에서 빠져나왔다. 그러고는 휠체어를 힘껏 밀어 어딘가로 빠르게 움직였다. 나는 케이트를 따라 뛰었다. 케이트는 자판기 옆에 서 있는 프란체스카 앞에 멈추어 섰다. 주위에 루시, 니콜라 그리고 데니 윌리엄스, 리암 스미스가 모여 있었다. 이 패거리가 한자리에 모여 있는 꼴은 보기 싫었다. 버스 정류장에 있던 닐 아저씨의 모습이 다시 떠올랐다.

"프란체스카, 너 도대체 왜 그래? 왜 좌식 배구에 대해 함부로 말하는 거야?”

케이트가 큰 소리로 물었다.

프란체스카가 케이트를 향해 몸을 천천히 돌렸다. 아주 여유
로운 표정이었다. 휠체어 팔걸이를 꽉 쥐어서 손가락 마디마디
가 하얗게 변한 케이트와는 달랐다.

“응?”

“왜 앉아서 하니 마니 그런 거냐고?”

케이트가 다시 말했다. 점점 커지는 목소리에 주위에 있던
아이들이 힐끔거렸다.

“뭐, 앉아 있잖아. 아니야? 기분 나쁘게 듣진 말아 줘. 그런
데 말이야, 대체 누가 좌식 배구 연습을 하고 싶겠어? 사실 주
류 스포츠도 아닌데.”

뒤에서 니콜라가 데니의 휴대 전화를 보다가 크게 웃음을 터
뜨렸다. 그러자 프란체스카도 몸을 돌려 데니의 휴대 전화를
내려다보았다.

“너! 우리 아직 이야기 안 끝났어.”

케이트가 말했다.

“응?”

프란체스카가 다시 천천히 돌아섰다. 케이트가 거기 있는 것
조차 잊었다는 듯이……. 지겨워 죽겠다는 표정이었다.

"아, 그래. 나도 정말 좋은 일이라고 생각해. 장애아 돕기 캠페인이랑 비슷하지."

그 말에 니콜라와 데니가 웃음을 터뜨렸다.

"그렇게 잘난 척할 것 없어."

케이트가 말했다. 그렇게 화난 얼굴은 처음 봤다.

"어머, 너도 그렇게 흥분할 것 없어. 내 말은 지금 네트볼(영국에서 인기 있는 여자 구기 종목) 코트도 수리해야 하는데, 그런 비주류 스포츠 수업을 듣는 데 돈을 써야 한다니 아쉽다는 것뿐이니까."

"그러게. 너도 네트볼 대표로 선발되었다면 네트볼 팀도 지원을 받았을 텐데 말이야."

케이트가 대꾸했다. 누가 봐도 프란체스카의 비위를 뒤집는 말이었다. 프란체스카는 웃음기를 거두면서 케이트를 쏘아보았다. 우리 학교로 전학 온 이래 프란체스카가 유일하게 '실패한' 일이 있다면, 바로 지역구 네트볼 예선을 통과하지 못한 일이었다.

"왜들 이래."

리암 스미스가 프란체스카 어깨에 팔을 두르며 말했다. 그리고 케이트와 나한테 안 들리게 프란체스카 귀에다 뭐라고 속삭이더니, 루시, 니콜라, 데니를 데리고 자리를 피했다. 그리고 몇 걸음 안 가 우리를 돌아보고 자기들끼리 낄낄거렸다. 당황해서 내 얼굴이 빨개졌다. 최악이었다.

"미안해, 케이트. 나도 쟤가 왜 저러는지 모르겠어. 그냥…… 너한테 질투가 나나 봐. 운동은 네가 전교에서 제일 잘하니까. 자기보다도 더."

케이트의 어깨에 손을 얹으며 말했다. 눈물이 케이트 뺨을 타고 흘러내리고 있었다. 나는 깜짝 놀랐다. 케이트는 분한 듯 눈물을 훔쳤다. 그때 수업 시간을 알리는 종이 울렸다.

"제시, 고마워. 애써 좋게 말해 줘서."

"좋게 말한 게 아니야. 애쓴 것도 아니고. 네가 우리 학교에서 운동 제일 잘하잖아. 나보다도 잘하고."

"너보다 잘하기는 어렵지 않잖아."

케이트는 시간표를 확인하며 대답했다.

맞는 말이지만 속이 상했다. 어렸을 때 나는 라크로스(크로스라는 라켓을 사용해서 하는 하키 비슷한 구기 종목)가 나오는 학원물 소설을 자주 읽었다. 그리고 라크로스 경기에서 결승 골을 넣는 내 모습을 여러 번 상상했다. 라크로스가 뭔지 잘 몰랐지만, 다른 선수들 어깨에 탄 채 관중석의 환호를 받으면서 경기장인지 운동장인지 모를 곳을 행진하는 상상을 했다. 중학교에 들어가면 나에게 일어날 일이라고 생각했다. 하지만 내 체육

성적표에는 언제나 노력 평가 칸에 최고점이, 성취도 평가 칸에는 최하점이 찍혔다.

엄마는 '노력'이 중요하다고 했다. 엄마는 그렇게 말하기가 쉬울 것이다. 운동을 잘하니까. 우리 반 체육 시간에 와 본 적이 없으니까. 체육 시간이 되면 나는 쇼나와 리지가 나와 한 편이 되기 싫다고 서로 다투는 소리를 들어야 했다. 나중에는 "너를 좋아하지만 게임에서 지기가 싫었을 뿐이야"라고 사과하는 말도 들어야 했다. 둘 다 정말 착한 아이들이었다. 마지막까지 뽑히지 않고 우두커니 서 있다 보면 차라리 체육관 바닥이 갈라져서 나를 집어삼켰으면 좋겠다는 생각이 들었다. 쇼나와 리지가 한 말이 무슨 뜻인지는 안다. 나라도 나를 안 뽑을 테니까.

케이트가 애써 화를 참으며 나에게 말했다.

"제시, 기분 나쁘게 듣진 말아 줘."

'왜 사람들은 지독한 말을 하기 전에 꼭 이 말을 할까?'

마음이 아팠다. 케이트가 말을 이었다.

"너보다 운동을 잘한다는 말은 별로 위로가 되지 않아. 난 운동은 웬만한 사람보다 잘해. 네 사촌처럼 무식한 애들만 그 사실을 깨닫지 못할 뿐이야. 내가 휠체어에 앉아 있다는 이유만으로. 난 그게 싫어."

"그렇지만 넌 아주 잘 타잖아."

바보같이 그렇게 말해 버렸다. 뭐라고 해야 할지 알 수 없었다. 그렇게 패배감에 젖은 얼굴을 한 케이트는 처음 보았다. 케이트는 남들이 자기를 동정하는 것 같으면 무섭게 화를 냈다.

"그게 무슨 뜻이야? 휠체어를 아주 잘 탄다고? 제시, 내가 좋아서 그런다고 생각하지 마. 내가 좋아서 버스 회사와 그 바보 같은 싸움을 하는 건 아니야. 다른 사람은 다 타고 다니는 버스를 나도 똑같이 타고 통학하고 싶을 뿐이야. 나는 어디를 가든지 장애인 출입이 가능한지 확인해야 해. 내가 너희 사촌한테 무시당하는 걸 좋아한다고, 멍청한 어른들이 우리 엄마한테 장애인용 주차장에 대해 불평하는 걸 좋아한다고 생각하지 말란 말이야. 넌 정말 운이 좋아. 넌 몰라……. 넌 정말 운이 좋은 거야. 넌 일상의 모든 것과 싸우지는 않아도 되니까!"

잠깐 동안 나는 멍하니 케이트를 쳐다보았다. 케이트가 나한테 이렇게 화를 낸 건 처음이었다. 심장이 너무 쿵쾅거려서 뭐라고 해야 할지 아무 말도 생각나지 않았다.

나는 겨우 떠듬떠듬 입을 열었다.

"그래도…… 그 버스 회사한테 이겼잖아. 지역 신문 같은 데도 실렸고. 그건 대단한 거야. 넌 대단해. 난 네가 그런 캠페인을 벌이는 걸 좋아하는 줄 알았어."

"매일매일은 싫어! 나도 가끔은 너처럼 게으름을 피우고 싶고, 그저 해맑게 있고 싶어. 매일매일 캠페인을 벌이는 케이트처럼이 아니라. 아니, 제시, 나 잠깐 혼자 있을게. 넌 하나도 보탬이 안 되고 있어."

케이트는 휠체어를 힘껏 밀었다. 케이트의 모습은 복도를 따라 빠르게 나에게서 멀어졌다.

또 울음을 터뜨리긴 싫었는데 참기가 쉽지 않았다.

'잘되어 간다.'

속으로 중얼거렸다. 케이트와 나는 지난 금요일에 싸웠고 월요일인 오늘 또 싸웠다. 지금까지 몇 년 동안 한 번도 싸운 적이 없었는데……. 게다가 나는 게으름을 피우는 아이, 그저 해맑은 아이라는 이야기를 들었다. 둘 다 칭찬은 아닌 것 같았다.

독일의 과거, 나치

다행히 역사 시간에는 케이트와 이야기를 할 필요가 없었다.
브래디 선생님은 제2차 세계 대전 당시 뉴스를 편집한 영상을
틀어 주었다. 우리는 모두 말없이 영상을 시청했다. 내레이터
는 장중한 영국식 발음으로 영국 어린이들이 어떻게 '본분을
다하고 있는지' 설명했다. 피난민용 명찰을 단 어린이들이 작
은 여행용 가방을 들고 기차역에 모인 모습, 덜컹이는 차창 밖
으로 몸을 내민 모습, 여자아이들이 밝은 표정으로 서로 응급
처치 연습을 하는 모습, 방독면을 쓴 아이들이 카메라를 향해
손을 흔드는 모습이 차례로 나왔다. 선생님은 히틀러가 대중
앞에서 연설하는 모습을 담은 기괴한 영상도 보여 주었다.

사람들이 왜 히틀러를 지지했는지 이해할 수 없었다. 조그마한 콧수염을 단 히틀러가 팔을 내밀며 연설하자 수많은 군인들이 팔을 들고 줄 맞춰 행진을 했다. 그 모습이 우스웠다. 칼 데이비스가 키득거리다가 브래디 선생님한테 꾸중을 들었지만, 칼이 잘못한 것 같지는 않다. 나는 브래디 선생님이 무서워서 웃지 못했을 뿐이다.

엄한 브래디 선생님 앞에서 한 시간이 넘게 웃을 엄두도 못 냈던 탓에 우리 반 아이들은 다음 수업에서 긴장이 풀어지고 그럴 마음이 없었는데 문제를 일으키고 말았다.

역사 바로 다음이 독일어 시간이었다. 나는 독일어 선생님인 프롤라인 본회퍼 선생님을 좋아했다. 선생님은 우리에게 절대로 목소리를 높이는 법이 없었고, 나이도 많지 않았다. 또 내가 본 선생님 중에 신발이 가장 많았다. 한번은 수업 전에 긴장을 풀어 준다며 벤하고 친구들한테 선생님 신발이 총 몇 켤레인지 맞히는 내기를 시킨 적이 있었다. 선생님 신발은 장화를 포함해서 총 삼십 켤레였다. 우리는 그날 수업이 끝나고 브래디 선생님 신발은 몇 켤레일까 내기를 했다. 물론 답은 모른다. 그러니 누가 이기고 졌는지 따질 수도 없다. 브래디 선생님이 우리에게 말해 줄 리도 없고 우리도 그다지 관심이 없으니까.

"구텐탁 마이네 클라세. 여러분, 우선 교과서 구십 쪽을 읽으세요. 선생님은 가서 지난 시간에 본 시험지를 가져올게요."

본회퍼 선생님이 교실을 나가며 말했다. 처음 보는 빨간색 구두를 신고 있었다.

독일어 시간에는 따분한 수행 과제를 마치고 나면, 현대의 독일 가정에 관해 배우고 토론하거나, 선생님이 화면에 띄운 독일의 성과 숲, 라인 강을 따라 항해하는 배 같은 걸 구경했다. 선생님이 가져온 까만색 독일 빵과 케이크를 함께 먹기도 했다. 독일어 시간은 재미있었다. 고등학교에 올라가면 봐야 하는 중등 교육 자격시험에 독일어를 선택 과목으로 넣기로 마음먹었다. 본회퍼 선생님도 나에게 "천성적으로 독일어를 잘할 자질을 갖추었다"라고 했다. 내가 엽서 뒷면의 짧은 문장도 해석하지 못했다고 하면 이 말은 취소하겠지.

독일어 시간의 독일과 역사 시간의 독일은 연결 고리가 하나도 없었다. 역사 시간의 독일은 끔찍한 나라고 세계 대전 당시에는 우리의 적국이었다. 그런데 독일어 시간의 독일은 방학 때 꼭 놀러 가 보고 싶은 나라였다. 예쁜 성과 본회퍼 선생님처럼 선량한 사람들, 멋진 크리스마스 시장이 있는 동화 같은 나라.

선생님이 교실에 없는 틈을 타 칼 데이비스가 앞으로 나갔다. 칼은 손가락을 코 아래에 대서 수염을 만들고 반대쪽 팔을 높이 펴서 나치 거수경례를 하며 행진하는 흉내를 냈다. 반 아이들 모두 깔깔 웃었고, 흥분하기 시작했다. 벤 그린과 나도 합세해 손을 높이 쳐들고 이따가 로즈로지요양원에 어떻게 갈지 약속을 정하면서 가짜 독일어 악센트로 말했다. "하일, 히틀러!"를 외치며 돌아다니는 아이도 많았다.

그때였다. 돌아온 본회퍼 선생님이 교실 안 광경을 모조리 보고 말았다.

교실에 정적이 감돌았다.

이런 일이 왜 벌어졌는지에 대해 내가 할 수 있는 변명은 이것뿐이다. 교과서 구십 쪽에는 동사만 쭉 나와서 정말 지루했고, 이전 시간에 나치 군인들이 다리를 쭉 펴고 높이 들어 올리면서 행진하는 영상을 줄기차게 봤으며, 그 모습이 너무나 우스웠지만 브래디 선생님이 웃지 못하게 했기 때문에 더 웃고 싶었다고.

본회퍼 선생님은 화를 내지 않았다. 그게 더 불안했다. 브래디 선생님이었다면 호통을 쳤을 텐데……. 본회퍼 선생님은 말없이 시험지를 나누어 주었다. 우리는 이상하게 차분한 분위기에서 오답 풀이를 하고 자기 집에 방이 몇 개 있는지 회화 연습을 하고 각자의 취미를 독일어로 어떻게 쓰는지 배웠다. 칼이 자기 취미는 우표 수집이라고 했는데도 아무도 웃지 않았다. 칼은 실망한 기색이 역력했다. 독일어 시간에 이렇게 착실하고 조용하게 수업을 받는 건 처음이라는 생각이 들었다. 기분이 참담했다.

본회퍼 선생님을 다시 만난 건 점심 오케스트라 연습 시간 때였다. 클라리넷 연습을 하고 있는데 선생님이 들어왔다. 선생님은 벤과 함께 트럼펫을 불었다. 둘 다 실력이 아주 좋았다. 덕분에 트럼펫을 정말 잘 부는 사람은 양 볼을 불룩하게 부풀리지 않는다는 사실을 알게 되었다.

선생님에게 독일어 시간에 정말 죄송했다고 사과하고 싶었지만 뭐라고 말을 꺼내야 할지 막막했다. 평상시처럼 농담하듯 말할 수가 없었다. 젊고 친절하지만, 선생님이니까. 연습이 끝났을 때 선생님이 먼저 다가와서 벤과 나에게 말을 걸었다.

"재즈를 연주할 때마다 나치가 생각나. 정말 웃기는 일이지."

아, 나치는 이제 그만! 뭐라 대꾸할 말이 없었다. 벤도 나랑 똑같은 마음인 것 같았다. 정말 어색한 순간이었다. 본회퍼 선생님은 우리가 어쩔 줄 몰라 하는 걸 알았을 텐데도, 보면대(악보를 펼쳐 놓고 보는 대) 정리를 도와주면서 계속 말을 했다.

"나치는 재즈와 스윙 음악을 금지했어. 선생님도 너희만 할 때 트럼펫을 배우기 시작했는데, 그때 선생님의 선생님이 가르쳐 주셨어. 그 선생님은 나치에 대항하는 심정으로 재즈를 좋아하셨던 것 같아. 지금은 내가 그렇고."

"사람들은 이제 나치 생각 안 해요. 다 지난 일이잖아요."

나는 선생님 기분이 나아지기를 바라면서 대답했다. 물론 우리는 방금 전 교실에서 일어났던 일을 기억하고 있었지만…….

"제시, 네 말이 사실이 아니길 진심으로 바란다."

나는 움찔했다. 선생님은 말을 이었다.

"내 조국으로서는 아주 슬픈 과거지만, 선생님은 누구도 그역사를 잊기 바라진 않아. 그런 일은 이 나라에서도 일어날 수있으니까. 독일뿐 아니라……."

선생님은 나에게 미소를 짓고 가 버렸다. 기분이 나빴다. 나치는 독일의 역사다. 영국에서 일어난 일이 아니다. 나치에 대항했던 영국이 그럴 수 있다고 말하다니! 선생님이 무례하다고생각했다.

◆

학교가 끝난 뒤에 벤과 야스민, 케이트와 함께 우리 집으로, 아니 할머니 집으로 갔다. 아빠가 문을 열자 스노이가 달려 나왔다.

"잡았다!"

야스민이 스노이를 안아 올리면서 말했다. 품에 안긴 스노이는 신이 났는지 미친 듯이 꼬리를 치며 야스민의 얼굴을 핥았다.

"스노이가 얼굴에 침 묻혀서 미안해."

내가 말했다. 야스민은 웃으며 스노이를 내려놓았지만, 스노이는 애교를 떨 대상으로 야스민을 찍은 것이 분명했다. 부지런히 꼬리를 치며 장난감을 연이어 물어 와서 야스민 앞에 내려놓고, 커다란 강아지 눈망울로 말똥말똥 쳐다보았다. 나는 조금 질투가 났지만 야스민이 스노이를 아주 귀여워해 줬기 때문에 참기로 했다.

"스노이 정말 귀엽다!"

야스민이 깔깔 웃으며 스노이를 끌어안고 몸을 비볐다. 강아지를 만나면 반갑게 끌어안는 보통 여자아이 같은 면이 야스민에게도 있다는 사실이 놀라울 따름이었다. 처음으로 이런 생각이 들었다.

'야스민도 아프가니스탄에서 살 때는 애완동물을 길렀을까, 그렇다면 지금은 그리워하고 있을까.'

엄마가 쟁반에 레모네이드와 케이크를 내왔다.

"로즈로지에 가기 전에 사과 케이크 먹고 가거라. 제시 할머니 표 케이크야."

나는 케이크를 집지 않았다. 엄마 마음은 잘 알지만 먹고 싶지는 않았다. 할머니가 만든 사과 케이크 말고는 절대로 먹지 않을 작정이었다.

"와, 맛있다! 맞아, 지난 학기 마지막 날에 본회퍼 선생님이 가져온 케이크랑 비슷해. 그래, 어디서 먹어 본 맛이라고 생각했다니까."

케이트가 말했다. 본회퍼 선생님이 거론되는 게 반갑지는 않았지만, 그래도 케이트가 평상시처럼 말을 걸어 주어서 다행이었다.

"프란체스카 일은 미안해."

나는 주방으로 가져갈 컵을 정리하며 케이트에게 말했다. 이런 말은 다른 일을 하면서 말하는 게 쉬웠다. 서로 얼굴을 쳐다보지 않아도 되니까. 야스민과 벤은 스노이랑 노느라 정신이 없었다.

"괜찮아. 네 잘못도 아닌걸. 나야말로 쏘아붙여서 미안해. 넌 위로해 주려던 것뿐인데. 그땐 좀 질렸나 봐."

"그래. 프란체스카는 최악이었어."

나는 케이트를 돌아보았다.

"맞아. 새삼스러울 것도 없지?"

케이트는 그렇게 말하며 어깨를 으쓱하더니 미소를 지었다. 이번에는 구태여 내 못돼 먹은 사촌을 역성들지 않았다.

◆

로즈로지요양원에서는 재미있었다.

우리는 브래디 선생님에게 인터뷰 때 쓸, 일명 '기억 촉매제'를 받아 왔다. 그중에는 1930~1940년대 영화배우 카드나 골동품도 있고, 1940년대 보드게임 모조품도 있었다. 효과는 대단했다. 어떤 할머니는 자신은 보통 방독면을 가지고 있었는데, 미키마우스 방독면을 가진 남동생이 엄청 부러웠다고 했다. 그 이야기를 들은 다른 할머니가 그래도 어느 방독면이나 냄새는 똑같이 지독하다고 해서 우리 모두 웃었다.

자신을 에드나라고 소개한 할머니는 어린 시절에 아버지에게 선물 받았던 게임과 아주 똑같다며 '뱀과 사다리' 보드게임을 보고 아주 반가워했다. 공습이 있는 밤이면 사람들은 모여서 갖가지 보드게임을 하면서 견뎠다고 했다. 빌 아저씨는 전쟁 중에 캐나다로 피난을 갔다고 했다. 모두 흥미로운 이야기였다. 히틀러가 나오는 지루한 영화보다 훨씬 좋았다.

케이트 엄마가 우리를 데리러 왔지만, 나는 집에 가는 길에 굽타 아저씨네 가게에 들를 생각으로 그냥 걸어갔다. 스노이에게 개 껌을 사다 준다면 집 안 물건이 온통 물어뜯기는 걸 막을 수 있을 것 같았다. 저녁 시간을 즐겁게 보낸 덕에 힘이 났다. 엄마에게 전화를 하고 기분 좋게 걷기 시작했다. 나쁜 일이 벌어질 거라고 예상하지 못했다. 늑대가 기다리는 숲 속으로 들어가게 될 줄이야…….

유리창을 깬 범인

굽타 아저씨네 가게에는 줄이 길었다. 누군가 복권을 사느라 시간을 오래 끌다가 갔고, 다음 차례에 있던 외국인이 맥주를 달라고 하자 굽타 아저씨는 이미 많이 취한 사람한테는 맥주를 팔지 않는다고 대답했다. 취한 외국인이 가게에서 나가자 가게에 있던 사람들이 저마다 한마디씩 했다. 농장에서 일하는 외국인 노동자들은 문제만 일으킨다고 했다. 평상시라면 잠자코 들으면서 외국인 노동자들이 다 가 버렸으면 좋겠다고 생각했겠지만, 버스 정류장에서 나와 닐 아저씨를 도와준 외국인 남자가 떠올랐다. 그 아저씨는 다른 외국인 노동자와는 달랐다.

사람들이 외국인 노동자를 두고 떠드는 소리를 듣고 싶지 않아 다른 곳으로 눈을 돌렸다. 굽타 아줌마가 매대에서 빼고 있는 팔다 남은 신문의 머리기사는 평상시처럼 비관적이기만 했다. 그래서 훨씬 분위기가 밝은 패션 잡지 표지를 읽었다. 표지에는 내가 좋아하는 스타일의 외투가 실려 있었다. 줄이 점점 짧아지자 계산대 가까운 쪽에 있는 부동산 잡지가 보였다. 스코틀랜드의 성을 통째로 사는 행복한 상상을 하고 있는데, 갑자기 쨍그랑 유리창 깨지는 소리와 함께 안으로 뭔가가 날아들었다. 냉장고 윗면이 유리 파편으로 범벅이 되었다. 유리 파편들이 흩어진 바닥에 벽돌이 하나 보였다.

"경찰을 부르겠어!"

굽타 아저씨가 고함을 질렀다. 나는 어떻게 해야 할지 알 수 없었다. 굽타 아저씨가 경찰에 신고하는 소리가 들렸다. 나는 앞에서 두 번째 차례였다. 한 손에는 개 껌을 든 채, 울렁거리는 가슴을 누르며 가만히 서 있었다.

"놀라지 마세요. 경찰이 놈들을 곧 잡을 겁니다."

굽타 아저씨가 휴대 전화를 내려놓으며 나와 내 앞에 있던 아줌마에게 말했다.

나는 개 껌 값을 계산했다. 굽타 아줌마가 바닥에 흩어진 유리 파편을 쓸기 시작하자 사람들이 파편이 있는 위치를 손가락으로 알려 주었다. 경찰차 한 대가 경광등을 번쩍이며 가게 앞에 와 섰고, 경찰관 두 명이 안으로 들어왔다. 굽타 아저씨는 상황을 설명하면서 조금 전에 술에 취한 외국인 노동자에게 맥주를 팔지 않았다고 덧붙였다. 나는 가게 밖으로 나왔지만, 다리가 후들거려서 한참을 벤치에 앉아 있었다. 잠시 후 마음을 가다듬고 집으로 걷기 시작했다.

'아담한 우리 동네에 어떻게 이런 증오 범죄가 일어나게 된 걸까?'

그때 차 한 대가 내 옆으로 와서 붙더니 점점 속도를 줄였다. 덜컥 겁이 났다.

"제시! 타!"

나를 부른 사람은 엄마였다.

"재활용 빈 병 가져다주고 집에 가는 길에 네가 어디쯤 오나 찾고 있었어. 그런데 굽타 씨 가게에 왜 경찰차가 와 있니?"

나는 안전띠를 매며 벽돌이 창문으로 날아든 사건을 설명했다. 그런데 내 설명을 듣던 엄마가 가만히 중얼거리며 속도를 줄였다.

"프란체스카가 이 시간에 여기서 뭐 하는 거지?"

엄마는 고개를 푹 숙이고 혼자 걷고 있는 프란체스카 옆으로 차를 댔다.

"프란체스카, 집에 안 가고 뭐 하니? 무슨 일 있어?"

엄마는 차를 세우고 운전석 창문을 내리며 물었다. 프란체스카
가 다가왔다. 흘러내린 마스카라 자국으로 얼굴이 엉망이었다.

"이게 도대체 무슨 일이니? 어서 타라. 집에 데려다줄게."

엄마가 말했다.

프란체스카는 뒷자리에 앉았다. 꼴이 말이 아니었다. 엄마는
걱정스러운 눈빛으로 뒷거울에 비친 프란체스카를 살폈다.

프란체스카가 울컥 울음을 터뜨렸다.

"찰리가 죽었어요. 지난 주말에 아빠한테 간 것 때문에 엄마
는 저한테 화가 나 있고요. 집에 가기 싫어요."

찰리가 죽다니! 찰리는 나이가 들었지만 정말 귀여운 개였
다. 찰리 없는 고모 집은 상상할 수도 없었다. 눈시울이 뜨거
워졌다.

"어쩜 좋니. 엄마가 오늘 전화해서 말씀하셨어. 불쌍한 찰
리. 프란체스카, 찰리는 정말 많이 아팠잖아. 너도 찰리가 고
통스러워하는 건 바라지 않았을 거고."

엄마가 말했다.

"하지만 전 찰리를 정말 사랑했어요. 그런데 잘 가라는 인사
도 못 했어요. 엄마는 제가 오기 전에 찰리를 안락사 시켰어
요. 엄마가 미워요. 아빠한테 간 것 때문에 저한테 벌을 주고
싶으셨던 거예요."

"프란체스카, 네가 엄마와 상의하지 않아서 엄마가 속상하셨던 건 맞지만, 그렇다고 그런 일을 하시지는 않아. 수의사 선생님이 찰리가 너무 고통스러우니까 보내 주는 편이 찰리에게도 좋다고 하셨어. 엄마가 그러시는데 어젯밤에 네 휴대 전화로 전화를 거셨대. 학교 가기 전에 찰리를 보고 갈 수 있게 집에 오라고 말씀하시려고. 그런데 네 전화기는 전원이 꺼져 있고, 아빠도 전화를 안 받으셨대. 의사 선생님과 엄마는 찰리를 고통 속에 그대로 놓아둘 수가 없으셨던 거야."

"집에 가기 싫어요. 엄마를 보고 싶지 않아요. 엄마는 매일 저한테 고함을 지르고 울기만 하세요. 그런데 이제 집에 찰리까지 없어요. 이제까지 집에 가서 좋은 점이 있다면 그건 딱 하나, 찰리가 있다는 거였어요."

프란체스카는 훌쩍였다. 정말로 화가 많이 난 것 같았다.

"프란체스카, 그럼 우리랑 같이 할머니 집으로 가자. 가서 엄마한테 전화해 줄게. 아직까지 네가 집에 안 와서 엄마가 많이 걱정하고 계실 거야. 휴대 전화 껐니?"

"아니요. 엄마가 전화에 대고 아빠랑 그 머저리 같은 아빠 애인 욕을 해 대는 건 듣기 싫어요. 아빠가 그 여자랑 만나시는 건 제 잘못이 아니에요. 전 아빠 애인을 좋아하지도 않고요. 지난 주말에 그 여자는 저한테 말을 걸지도 않았어요. 아빠는 날 모른 척하시고 할아버지도 그 여자하고만 이야기하셨고요. 다 싫어요. 이 세상에서 날 진정으로 사랑해 준 건 찰리뿐이었는데, 찰리가 가 버리다니……."

프란체스카는 눈물을 펑펑 쏟았다. 학교에서 잘나가는 프란체스카는 간데없었다. 살랑살랑 꼬리를 치면서 사람을 잘 따르던 사랑스러운 찰리를 생각하자 갑자기 프란체스카가 가여워 보였다. 그렇지만 니콜라 바커와 데니, 리암과 함께 깔깔거리던 프란체스카의 모습이 겹쳐졌다. 닐 아저씨를 밀었다는 사실과, 바닥에 흩어진 화분 조각도 떠올랐다. 케이트에게 못되게 굴던 모습도 생각났다. 어떻게 생각해야 할지 알 수 없었다. 프란체스카 옆자리가 아니라 조수석에 앉아 있는 게 천만다행이었다.

집에 도착하자마자 스노이가 달려 나왔다. 스노이가 프란체스카에게 안겨 난리 법석을 부리는 통에 아무도 내가 프란체스카를 안아 주지 않았다는 사실을 눈치채지 못했다. 스노이는 프란체스카 품에 안겨 흐르는 눈물을 핥아 주었다.

"얘 정말 예쁘다."

프란체스카가 말했다.

"뭐, 지난주 목요일에 할머니한테 같이 왔으면 너도 벌써 봤 겠지."

나도 모르게 목소리가 날카로워졌다. 엄마가 나를 바라보며 얼굴을 찌푸렸다. 프란체스카는 그대로 고개를 푹 숙이고 스노이만 껴안고 있었다.

"제시, 무슨 이유가 있어서 못 왔겠지. 그 이유를 꼭 이야기할 필요도 없고. 프란체스카는 지금 충격을 많이 받았어. 우리, 가서 핫 초콜릿을 만들어 올까?"

엄마는 나에게 주방으로 따라오라는 눈짓을 보냈다. 프란체스카는 스노이와 함께 거실에 남았다.

"제시, 너 정말 왜 그러니?"

엄마가 나에게 목소리를 높이면서 동시에 전화기를 들어 고모에게 전화를 걸었다.

"사촌인데 잘해 줘야지."

내가 뭐라고 대답하기도 전에, 가게로 벽돌이 날아든 충격에서 나도 아직 벗어나지 못했다는 말을 하기도 전에, 엄마는 고모와 통화를 시작했다. 그러면서 통화 내용이 나에게 안 들리도록 주방에서 나갔다. 나에게 쏘아붙였던 것과는 달리, 고모에게는 위로하듯 상냥하게 이야기할 테지.

나는 엄마가 거실로 돌아오는 순간에 정확히 맞추어 핫 초콜릿을 들고 나갔다. 위에 마시멜로와 초콜릿 가루를 잔뜩 뿌린 데다 크림까지 넉넉하게 짜서 둘렀으니까 정성껏 만든 것처럼 보였겠지만, 사실 프란체스카랑 둘만 있기 싫어서 토핑을 하나하나 뿌리며 주방에서 시간을 때웠을 뿐이었다. 그래도 내가 들고 들어간 핫 초콜릿을 보고 엄마도 프란체스카도 얼굴이 환해졌으니 일단 잘 넘어간 것 같았다.

스노이가 소파에 앉은 프란체스카 옆으로 가더니 머리를 무릎에 척 올렸다. 우리 집, 아니 할머니 집에 온 이후 처음으로 프란체스카가 환히 웃었다.

"프란체스카, 엄마는 지금 아주 녹초가 되셨어. 그래서 네가 여기서 하룻밤 자고 가는 게 좋겠다고 말씀드렸거든. 내일 가져갈 교과서는 다 있니? 없으면 담임 선생님한테 편지를 써 줄게."

엄마 말에 프란체스카는 고개를 끄덕였다. 한바탕 운 다음이라 그런지 눈이 한층 더 빛나 보였다.

"좋아. 그럼 그렇게 하자. 손님방에 자리 마련할게. 내일 아침에 제시랑 같이 학교에 가렴."

싫었다. 프란체스카가 여기서 잔다면 분명 이야기를 해야 할 상황이 생길 것이다. 언젠가는 프란체스카에게 그 패거리들과 함께 닐 아저씨한테 무슨 짓을 했는지 안다고 말해야 했다. 그냥 모르는 척 넘어갈 수는 없었다. 하지만 오늘은 프란체스카에게 어떤 위로도, 힐난도 하고 싶지 않았다.

다행히 아빠가 병원에서 돌아왔다. 저녁 식사 시간에는 다 같이 모여 있었기 때문에 프란체스카와 내가 단둘이 이야기할 일은 없었다. 아빠는 굽타 아저씨네 가게 유리창이 깨졌다는 소식을 듣고 깜짝 놀랐다.

"아빠, 사람들이 그러는데 농장에서 일하는 외국인 노동자들 짓이래요."

내가 말했다.

"그 사람들 짓인지 어떻게 아니?"

아빠가 물었다.

"벽돌이 날아오기 전에 외국인들이 말하는 소리를 누가 들었대요."

"글쎄다. 그건 별로 믿을 만한 증거가 아니야. 아빠는 무슨 일만 나면 외국인 노동자 탓으로 돌리는 게 싫어. 아빠가 지금 외국인 노동자이기도 하고. 우리 마을 사람들이 외국인 노동자한테 하는 것처럼 프랑스 사람들이 나한테 한다면, 나는 정말 싫을 것 같은데."

아빠가 말했다.

"그렇지만 아빠는 그 사람들이랑 다르잖아요. 버스 정류장 근처에서 어슬렁대지도 않고요. 그 사람들은 자기네 나라말만 써요. 우린 하나도 못 알아듣는단 말이에요. 게다가 어떤 외국인은 취해 있었다고요."

새삼 부아가 치밀었다. 한 사람은 친절했다 쳐도, 나머지 사람들은?

아빠가 한숨을 쉬었다.

"영국 사람은 안 취한다고 생각하나 보지? 그리고 자기네 나라말을 쓴다니까 말인데, 프랑스에서 영어는 어떨까? 여기 외국인 노동자들이 영어로 고생하는 것 훨씬 이상으로 아빠는 프랑스 어 때문에 애를 먹고 있어. 프랑스에는 영어를 말하고 알아듣는 사람이 많으니까 그나마 다행인 거지. 그리고 말이야, 만약 딱히 갈 곳이 없는데 그곳에 가서 영국 사람들을 만날 수 있다면, 아빠도 기꺼이 버스 정류장 근처를 배회할 거야. 정말 외롭거든. 혼자 외국에 나가서 일을 해 보면 지금의 상황이 다르게 보일 거야. 엄마하고 네가 정말로 보고 싶었어."

그 순간, 아빠는 정말 쓸쓸해 보였다. 불쌍한 아빠. 아빠는 원래 우울하다거나 외롭다는 말은 절대 하지 않는 사람이었다. 프란체스카는 그저 고개를 푹 숙이고 식사만 했다.

저녁 식사가 끝나자마자 프란체스카는 소파로 가서 스노이를 안았다. 나는 차를 준비하겠다고 나서서 둘만 남는 상황을 피했다. 사실 스노이를 안아 주고 싶은 사람은 나였는데…….

스노이가 사람들을 잘 따르는 건 좋지만 의리가 없는 것 같았다. 하긴 내가 프란체스카 때문에 마음이 불편하다는 걸 스노이가 알 리 없었다. 아빠 엄마도 눈치 못 챘는데……. 스노이는 개지, 독심술사가 아니니까.

"고맙다."

아빠가 나한테서 머그잔을 받아 들며 고개로 스노이를 가리켰다.

"할머니가 저 꼬마 녀석한테 마음을 많이 쓰시는 것 같던데. 저 녀석이 무사하냐고 계속 물어보셨어. 아직 낙상한 충격에서 벗어나지 못하신 것 같아. 그래서 마음이 불안하신 거지. 집에 오면 괜찮아지실 거야. 병원에서는 혈압만 정상 수치를 찾으면 내일쯤 퇴원할 수 있을 것 같다고 하더구나. 염증은 이제 다 없어진 것 같고."

최소한 좋은 뉴스가 하나는 있었다.

"어머, 프란체스카 좀 봐. 불쌍하기도 하지."

엄마가 말했다. 프란체스카는 스노이를 꼭 안고 한덩어리가 되어 어느새 잠이 들어 있었다. 프란체스카의 금발이 스노이의 하얀 털과 섞였다. 엄마가 덧붙였다.

"아빠가 그렇게 떠나 버려서 마음이 아플 텐데 이제 찰리까지 죽다니."

나는 잠자코 있었다. 프란체스카를 볼 때마다 깨진 화분과 울먹이는 닐 아저씨가 떠올랐다. 프란체스카와 니콜라, 데니와 리암을 가리키던 닐 아저씨가.

나는 엄마와 함께 프란체스카를 데리고 이 층으로 올라와 방에 눕혔다. 저녁 내내 단둘이 남겨지는 일은 피했다. 프란체스카와 한방을 쓰지 않아도 되어서 정말 다행이었다.

누워서 책을 조금 읽다가 자기 전에 화장실에 갔다. 가는 길에 프란체스카 방문 앞에서 잠시 서성였다. 방문을 두드리고 들어가서 위로든 힐난이든 말을 건넬까 고민하는데 안에서 흐느끼는 소리가 들렸다. 결국 방에는 들어가지 않았다.

총부리 앞에 놓인 개들

교실에서는 브래디 선생님이 '짜릿한 소식'을 전하려고 기다리고 있었다. 브래디 선생님이니까 물론 역사 관련 소식일 것이었다. 복권에 당첨되었다거나 휴가를 가게 되었다는 이야기는 절대 아닐 테지.

"오늘 오전에는 시간표와 상관없이 제2차 세계 대전 관련 수업을 연이어 하겠어요. 아주 특별한 분에게 이야기를 듣게 됐거든요. 우리로서는 다시없을 기회예요."

시간표와 상관없다니. 좋게 보면 체육 수업도, 수학 수업도 없다는 뜻이었다. 나쁘게 보면 국어 수업이 없어지고 이미 충분히 긴 역사 수업이 더 길어진다는 뜻이었다. 이제 제2차 세계 대전 이야기는 그만 듣고 싶었다. 오늘만은 제발. 너무 우울했다. 학교에 오면 우울한 기분도 걱정도 좀 사라질 줄 알았는데……. 그냥 스노이하고 엄마 아빠하고 집에 있었으면 좋았겠다고 생각했다. 그리고 할머니하고도.

'그런데 브래디 선생님이 모셔 온 '아주 특별한 분'은 도대체 누굴까?'

"분명 교장 선생님이 사과를 들고 나타날걸?"

케이트가 속삭였다.

"맞아."

나도 속삭였다. 케이트 얼굴을 똑바로 쳐다볼 수가 없었다. 교실에서 또 울기는 싫었으니까.

"제시."

케이트가 '너 괜찮아?'라는 표정으로 내 어깨에 가만히 손을 올렸다.

나는 쪽지를 휘갈겨 썼다.

'미안해. 그냥 이렇게 앞만 보지 않으면 울음이 터질 것 같아. 힘든 일이 좀 있었어.'

케이트가 쪽지에 '알았다'고 썼다. 케이트 책상 아래서 딱 하고 뭔가 부러지는 소리와 찌익 종이 찢는 소리가 나더니, 내 무릎에 은박지로 포장된 삼각기둥 모양 초콜릿이 놓여졌다. 케이트는 정말이지 최고의 친구다.

"오늘 우리에게 이야기를 들려주실 분은 우리 반 친구의 할머니예요."

문득 이상한 기분이 들었다. 우리 할머니가 온 줄 알고 소스라칠 만큼 놀랐지만, 곧 노트북을 든 벤이 교실로 들어오는 모습이 보였다. 그 뒤로 벤 엄마와 왜소한 체격의 은발 할머니가 따라 들어왔다. 벤의 외할머니라고 했다.

벤은 두 사람을 도와 교탁에 노트북을 설치했다. 벤 외할머니 이야기를 들으면서 슬라이드를 볼 것 같았다. 벤 외할머니는 미국식 어투로 상냥하게 이야기를 시작했다.

"안녕하세요, 여러분. 먼저 내 소개를 하겠습니다. 내 이름은 미리암 맥도널드입니다. 결혼하기 전 이름은 미리암 레비였어요. 나는 1931년에 독일 바이에른 주에서 태어난 독일계 유대 인입니다. 유대 인 강제 수용소의 생존자이기도 하지요."

화면에 슬라이드가 여러 장 떴다. 유대 인 하면 흔히 떠오르는 가시철조망이나 높은 벽, 굶주린 사람들 사진이 아니었다. 할머니 방에 있던 사진 같은 흑백 사진이었다. 화면에 뜬 사진은 환하게 웃는 소녀, 소녀가 토끼를 껴안은 모습, 고양이와 함께 있는 모습, 가족들과 함께 행복하게 웃는 모습이었다.

"우리 아버지는 수의학과 교수였어요. 어머니는 전업주부로 나와 언니를 돌보았고요. 우리가 살던 집은 아늑했고 커다란 정원도 있었습니다. 아주 행복했지요. 그때까지 나한테 생긴 슬픈 일은 사랑에 빠진 언니가 결혼을 해서 미국으로 이민을 갔다는 것 정도였어요. 우리 가족은 언젠가 언니를 만나러 가겠다는 멋진 계획을 세웠고, 친구 같은 동물들이 여전히 내 옆을 지켜 주고 있었어요.

언니가 미국으로 떠나고 얼마 지나지 않아 나치가 권력을 잡았고, 아버지는 유대 인이라는 이유로 교수 자리를 내놓아야 했어요. 힘든 시절이었어요. 그렇지만 학교에는 아버지를 아끼는 분이 많았고 어머니가 유대 인이 아니었기 때문에, 동료 교수 한 분이 도와주셨어요. 덕분에 우리 가족은 뮌헨 외곽에 살 곳을 마련했지요. 그리고 어머니께서 사무실에 나가 여러 잡무를 하고 받은 월급으로 간신히 살림을 꾸려 나갔어요.

일곱 살이 되던 해, 나는 유대 인이라는 이유로 퇴학을 당했어요. 공부는 집에서 아버지께 배웠어요. 우리 가족은 어서 빨리 나치가 물러나길 기도했지요.

하지만 좋은 점도 있었어요. 학교에 안 가고 집에만 있었기 때문에 사랑하는 울피랑 더 많이 놀게 되었거든요. 울피는 우리 집 강아지 이름이에요. 나는 울피 사진을 아주 많이 찍어서 미국에 있는 언니에게 보냈어요."

할머니는 화면에 자그마한 하얀색 강아지 사진을 띄웠다. 스노이와 똑같이 생긴 강아지였다. 반 아이들 모두가 탄성을 질렀다.

"이게 강제 수용소 이야기 같니? 난 아직 감을 못 잡겠어."

케이트가 속삭였다.

화면에는 아주 귀여운 강아지 사진이 여러 장 지나갔다. 사진이 정말 많은 걸 보니 사랑을 듬뿍 받았던 것이 분명했다. 사람들 팔에 안긴 모습, 공을 쫓는 모습, 자는 모습에 강아지를 그린 그림도 나왔다.

"내가 그린 거랍니다. 저기, 한쪽 끝에 내 이름이 보이지요? 미리암 레비라고."

벤 외할머니는 빙그레 웃고 나서 이야기를 이어 나갔다.

"아버지는 울피를 기르는 것 자체가 나치에게 저항하는 일이라고 하셨어요. 나치는 털색이 짙어서 늑대처럼 보이는 셰퍼드 종만이 진정한 독일셰퍼드라고 했거든요. 아버지는 나치 말에 동의하지 않으셨어요. 털 색깔이 중요한 것이 아니라고 하셨죠. 독일셰퍼드답게 행동하는가, 그게 중요하다고 하셨어요.

그런데 하루는 아버지 친구 분이 어린이책을 보여 주셨어요. 다른 종의 개들을 조롱하는 내용이었죠. 이 책은 현재 유대 인 도서관에서 소장하고 있어요."

할머니가 보여 주는 책 표지에는 이상하게 생긴 개가 그려져 있었다.

"이 개는 푸들-퍼그-닥스훈트-핀셔 종이에요. 잡종견이라고 이렇게 그린 거예요. 나치는 잡종견을 좋아하지 않았거든요. 오로지 순종에게만 관심이 있었죠. 이 책에는 사람들이 싫어하는 생물이 많이 나와요. 하이에나, 메뚜기, 빈대, 찌르레기, 독사, 촌충, 박테리아 같은 것들이에요. 이 책을 쓴 작가는 이런 생물을 보면 누가 생각났다고 했을까요?"

아무도 대답하지 않았다.

"작가는 어린아이들이 읽는 이 책에, 우둔하고 추악하며 게으르고 위험한 생물을 보면 유대 인이 떠오른다고 썼어요. 자, 사람들은 박테리아나 촌충이나 빈대를 보면 어떻게 하죠?"

케이트가 손을 들었다.

"죽이지 않을까요?"

"네, 그래요. 죽이죠. 이 책은 1940년에 나왔어요. 독일 학교에서 어린 학생들이 읽는 책이었죠. 그런 책에서 유대 인은 이런 해충처럼 죽어야 마땅하다고 했어요. 어린이들에게 그렇게 생각하라고 이야기한 거예요. 수학 시간에 배우는 내용도 지금 여러분이 배우는 것과는 많이 달랐어요. 아이들은 어떤 일을 할 때 들어가는 비용을 계산하는 법을 배웠죠. 좋은 생각이죠?

우리 손자도 돈을 조금 더 신중하게 썼으면 좋겠거든요."

할머니가 벤을 향해 미소를 지었다. 상처 받은 척하던 벤이 슬며시 웃는 모습을 보니 그래도 마음이 조금 편했다.

"그렇다면 학교에서는 어떤 비용을 걱정했을까요? 얼마나 걱정했으면 어린 학생이 매일 그 비용을 계산해야 했을까요? 학교에서는 병원과 요양소에서 장애인과 노약자들을 부양하기 위해 독일 국민이 얼마나 많은 비용을 내고 있는지 계산하게 했어요. 마치 장애가 있거나 병들고 늙은 사람은 진짜 독일 국민이 아니라는 것처럼 말이에요. 게다가 일을 안 하는 사람들 때문에 비용이 얼마나 들어가는지도 계산하게 했지요. 정작 자기들이 우리 아버지를, 유대 인들을 일하지 못하게 막았으면서요."

굽타 아저씨네 가게에서 읽은 신문 머리기사가 생각났다.

"아버지는 수학 교과서를 보시더니 살려 달라고 기도해야겠다고 하셨고, 나는 학교에 가지 않고 아버지한테 수학을 배워서 다행이라고 생각했어요. 그 후에도 아버지 친구 분은 믿기 힘든 이상한 이야기를 계속 전해 주셨어요. 나치가 순종 견을 위한 학교를 세웠다는 거예요. 순종 견은 머리가 영리하니까 말하는 법을 충분히 배울 수 있다고요. 그리고 나치는 잔인하다는 이유로 사냥을 금지시키고 싶어 한다고 했어요. 심지어 히틀러가 채식주의자라는 이야기도 들렸죠."

이상했다. 우리 할머니도 사촌 언니가 개에게 말하는 법을 가르치는 학교에서 일했다고 했는데……. 할머니 말이 사실이었던 것이다. 독일과 영국에 모두 그런 학교가 있었다니.

"그리고 이런 이야기도 들었어요. 가족 중에 장애인이나 노약자들이 어디론가 사라지는데 아무도 사라진 가족의 행방을 모른다는 거예요. 아버지는 수년 전에 나치가 독일에서 떠나라고 처음으로 명령했을 때 우리를 데리고 팔레스타인으로 갔어야 했다고 후회하셨어요. 아니면 언니가 있는 미국으로 가거나요. 하지만 당시 아버지는 독일을 떠나고 싶어 하지 않으셨어요. 아버지는 독일인이고 당신의 조국을 사랑했으니까요. 독일의 자연과 역사와 음악과 문화, 그 모든 것을 사랑하셨어요. 아버지는 히틀러가 물러나기를 기도하고, 울피를 돌보며 하루하루를 지내셨어요. 나에게는 수의사가 되려면 알아야 할 지식을 가르쳐 주셨죠. 사실 선량한 사람이 되려면 알아야 할 것들을 더 중요하게 가르치셨지요.

그러던 중에 1943년이 왔어요. 그리고 아버지의 마음을 갈기갈기 찢어 놓고 만 그 법이 통과되었어요."

벤 외할머니는 말을 멈추고 우리를 한 사람 한 사람 바라보았다.

"새로운 법안에 따르면 모든 유대 인은 기르던 동물을 거주지에서 가까운 지정 장소로 데려가야 했어요. 동물들을 그곳에서 죽일 계획이었지요. 지정 장소로 동물을 보내지 않은 유대인 가족은 법을 어긴 죄로 감옥에 가야 했어요. 더군다나 유대인이 기르던 동물을 받아서 길러도 처벌을 받았어요.

창밖을 내다보면 길을 걸으며 흐느끼는 사람들이 보였어요. 고양이 우리를 든 사람, 새장을 든 사람, 작은 강아지를 안은 사람……. 모두 기르던 동물을 죽음으로 데려가는 길이었어요. 다른 이유는 없었어요. 단지 나치가 우리를 싫어했고 우리를 해치고 싶어 했다는 것밖에는.

아버지 역시 우리 강아지를 총부리 앞으로 보내야 했어요. 사랑스럽고 귀여운 우리 울피를요. 아무 짓도 하지 않은 울피를요. 우리 모두를 사랑했고 우리 모두가 사랑한 울피를요. 울피는 세상에서 가장 아름다운 개였어요. 울피가 저지른 죄는 단 하나, 유대 인 주인을 둔 것뿐이었어요.”

벤 외할머니는 잠시 말을 멈추었다. 모두 아무 말이 없었다. 벤 외할머니는 울피 사진을 띄우고 자리에 앉았다.

몇 분이 지났다. 벤 외할머니가 다시 자리에서 일어섰다.

“지금부터 여러분에게 과거에 어떤 일이 벌어졌는지 이야기하겠어요. 그리고 앞으로 어떤 일이 벌어질 수 있는지도…….”

1943년 그날의 이야기

우는 아이들이 많았다. 프란체스카는 아예 흐느끼고 있었다. 토할 것 같았다. 굶주린 강제 수용소 수감자들의 모습이 머릿속에서 떠나지 않았다.

나치가 가장 먼저 죽인 집단은 노인과 장애인이었다고 했다. 우리 할머니나 에드나 할머니나 캐롤 할머니 같은 노인들. 집에, 병원에, 로즈로지 같은 요양소에 사는 노인들을 기억력이 떨어지고 도움을 필요로 한다는 이유로 살해하면서, 그들을 돌보는 게 시간과 돈을 낭비하는 일이라고 했다. 그리고 장애가 있는 사람들. 태어난 아이 몸에 조금이라도 이상이 있으면 해당 자료를 그 즉시 어디론가 보냈다. 그러면 누군가 아이 서류에 'X'라고 표시했다. 내 가장 친한 친구 케이트. 재미있고 현명하며 재능이 뛰어난 내 친구는 다리가 움직이지 않는다는 이유로 살해당했을 것이다. 다정한 닐 아저씨는 다운 증후군이 있다고 살해당했을 것이다. 사람들의 친구가, 부모가, 형제자매가, 아이들이 창문을 까맣게 칠한 버스에 실려 어딘가로 갔다. 자신의 가족이 어떻게 죽었는지 물을 수 없었다. 물으면 감옥이나 강제 수용소로 보내졌다. 그렇게 끌려간 사람들은 독극물 주사를 맞거나 굶주려 죽었다. 의사나 간호사도 그 안에서 무슨 일이 벌어지는지 발설하면 죽는 건 마찬가지였다.

나치는 정부에 반대하는 이들을 모조리 강제 수용소로 보냈다. 정치인도, 교회에서 설교하는 목사도, 심지어 히틀러를 비판하는 말을 한 가게 주인도 모두 수용소행이었다. 동성애자, 공산주의자, 여호와의 증인, 계통을 막론한 모든 집시, 그리고 그 누구보다도 유대 인……. 수백만 명이 나치 손에 죽었다, 너무도 많은 사람들이……. 어떻게 세계는 이런 일이 벌어지도록 손을 놓고 있었을까?

"여러분."

벤 외할머니는 마지막 슬라이드를 보고 있는 우리에게 말했다. 마지막 슬라이드는 머리를 박박 깎인 채 뼈다귀 같은 모습으로 변해 버린 강제 수용소 수감자들이 수용소를 해방하러 도착한 미군을 향해 팔을 뻗는 사진이었다.

"지금부터 할 이야기가 중요합니다. 나는 과거에 벌어졌던 일을 되풀이하지 않도록 모두가 경계해야 한다는 말을 하고 싶었습니다. 여러분은 새로운 세대입니다. 따라서 과거에 벌어진 일은 여러분 책임이 아닙니다. 하지만 미래는 여러분 책임입니다. 오늘 이야기는 희망을 주면서 마무리하고 싶네요."

우리는 모두 벼락이라도 맞은 듯 말이 없었다. 이 뒤로 무슨 이야기가 나올 수 있을까? 벤 외할머니는 이야기를 이어 갔다.

"결국 전쟁은 연합군의 승리로 막을 내렸어요. 강제 수용소의 문이 열렸고, 전 세계는 그곳에서 벌어진 참상에 경악했지요. 여러분처럼 말이에요. 사랑하는 제 아버지는 다른 수백만의 사람들과 함께 수용소에서 죽음을 맞으셨어요."

아주 오래전 일일 텐데도, 또렷하던 목소리가 처음으로 흔들렸다. 벤 외할머니는 잠깐 쉬었다가 다시 말을 이었다.

"나와 어머니도 거의 죽은 목숨이었지만, 어찌어찌 기적적으로 살아남았어요. 그리고 우리 가족이 수용소로 끌려가기 직전까지 살았던 뮌헨의 집으로 돌아갔습니다. 그때 내 머릿속은 오직 독일을 향한 증오로 가득했어요. 가증스러운 내 나라, 독일. 이 나라의 문화와 역사에 희망을 걸었던 아버지는 얼마나 어리석으셨나. 이 나라의 산과 숲과 호수와 동화 같은 성을 사랑한 아버지는…….

매일 밤 꿈에 수용소에서 본 장면들이 나타났어요. 매일 악몽을 꾸고 비명을 지르며 잠에서 깨었죠. 하루도 빠짐없이 매일 그랬어요. 집에 가서 몇 달이 지나도 어머니와 나는 여전히 무기력했어요. 슬픔에서 허우적대며 아버지를 그리워했죠. 그런데 어느 날 저녁, 누군가 우리 집 문을 두드렸어요. 현관 앞에 서 있던 건 내 나이 또래 소녀였어요. 소녀에게는 동행이 있었어요. 내가 살면서 다시는 볼 수 없을 거라고 생각한……."

할머니는 화면에 하얀 개의 사진을 띄웠다. 울피였다.

"소녀는 1943년 그날의 이야기를 했어요. 유대 인의 동물들을 모두 죽이던 그날, 자신의 아버지가 현장을 책임진 수의사였다고요. 자신의 아버지도 결코 하고 싶지 않은 일이었지만, 거부했다가 가족의 안전이 어찌 될지 두려워하셨대요. 소녀의 아버지는 동물들이 최대한 고통을 느끼지 않고 빠르게 죽을 수 있도록 최선을 다했어요. 할 수 있는 일이 그것뿐이었던 거죠. 그렇게 살육의 하루가 저물어 갈 무렵, 자신의 은사가 나타났어요. 은사가 없었다면 소녀의 아버지는 수의사가 될 수도 없었겠죠. 유대 인이었던 교수가 자신의 개를 죽이기 위해 데려온 거예요. 소녀의 아버지는 그것만은 견딜 수 없었대요. 그래서 전쟁 수행에 관련된 실험에 개가 필요하다고 거짓말을 했대요. 그리고 그 교수의 개를 가족 농장으로 데려와 숨겼죠. 그 후로 얼마 지나지 않아 소녀의 아버지도 전쟁에 나가서 전사했어요. 하지만 출정하기 전에 가족들에게 약속을 받았대요. 강아지를 무사히 숨겨 놓았다가 정세가 달라지면 교수의 집에 데려다주겠다는.

소녀는 우리 집 근처에 살던 자기 친척에게 유대 인 교수의 가족이 돌아왔다는 이야기를 들었다고 했어요. 소녀는 다하우 지역에 살고 있었는데, 그곳에서부터 줄곧 걸어서 울피를 데리고 온 거예요. 우리에게 돌려주려고요. 소녀 역시 울피를 진심으로 사랑하는 걸 한눈에도 알 수 있었어요.

울피를 다시 만나서 얼마나 기뻤는지 말로 다 설명할 수가 없네요! 울피도 우리를 다시 만나서 행복한 것 같았어요. 그 날부터 울피는 내 침대에서 나와 함께 잤고, 나는 더 이상 악몽을 꾸지 않았어요. 마치 울피가 악몽을 다 몰아낸 것 같았어요. 무슨 마법이라도 부린 것처럼요.

그 후로 어머니와 내게는 새로운 세상이 시작되었어요. 어머니는 나와 함께 울피를 데리고 산책을 나갔다가 울피를 귀여워하는 미국 군인을 만나셨어요. 두 분은 사랑에 빠져 결혼하셨고, 어머니는 새아버지와 함께 나를 데리고 미국으로 가셨어요. 울피도 함께 갔지요. 미국에 도착한 후에는 이미 그곳에서 새로운 일가를 이룬 언니와 재회했고요. 나는 미국에서 수련을 마치고 아버지처럼 수의사가 되었고, 지금의 남편을 만나 아름다운 딸을 얻었어요. 우리 딸도 수의사가 되었죠. 그리고 그 딸 덕에 잘생긴 우리 손자, 벤이 생겼어요. 벤 역시 수의사가 될 거예요. 벤, 꼭 그러라는 건 아니다."

벤이 쑥스럽다는 듯 웃었다.

"나는 하얀색 독일셰퍼드를 많이 길렀어요. 내 마음속에 늘 살아 계신 아버지를 기리고, 우리에게 희망을 준 충직하고 용감한 친구 울피를 생각하면서요."

누군가 박수를 쳤지만 벤 외할머니는 손을 들어 진정시켰다.

"나는 너무 늦지 않게 그 독일인 소녀를 찾을 수 있다면 좋겠다는 생각을 자주 해요. 소녀의 가족이 우리 울피를 지켜 줘서 얼마나 고마운지 말하고 싶어요. 그날은 말하지 못했거든요. 그날 소녀는 미안하다고, 미안하다고 몇 번이고 되풀이해서 말했어요. 자기들은 무슨 일이 벌어지고 있었는지 몰랐다고요. 다하우 강제 수용소에서 무슨 일이 벌어졌는지 만천하에 알려진 후에야 소녀도 나치가 얼마나 악마 같았는지 깨달은 거죠.

그때 나는 소녀가 울먹이며 '미안하다'고 하면 할수록 더 화가 났어요. 그래서 너는 다 알고 있었을 거라고 말해 버렸어요. 피골이 상접한 수감자들이 강제 노역을 하러 줄지어 가는 모습을 길에서 보지 않았느냐고, 장님이 아니지 않느냐고, 너를 증오한다고, 지옥에 가서 고통 받으라고……. 소녀에 관해서는 아무것도 알고 싶지 않았어요. 그 이름도, 나치의 수의 사였던 그 애 아버지도, 아무것도요. 울피를 구해 줬다고 해서 사람들을 죽게 내버려 둔 죄가 용서되는 건 아니라고 말했어요. 평생 용서하지 않겠다고, 너도 너 자신을 절대 용서하지 않았으면 좋겠다고, 울며 돌아서는 소녀의 귓가에 저주를 퍼부었어요."

나는 벤 엄마가 무섭다고 생각했는데, 소녀 시절의 벤 외할머니와 비교하면 아무것도 아니었다.

"나는 그때의 내가 틀렸다고 생각해요. 앞으로 나아가기 위해서 우리가 할 수 있는 일은 용서뿐이에요. 소녀도 굶주린 다하우 수감자들이 시내 거리를 걷는 모습을 물론 봤을 거예요. 그렇지만 자신이 살아온 사회에서 소녀는 평생 저 사람들은 나쁘고 자신들은 선하다고 배웠어요. 다하우 강제 수용소는 나치가 처음으로 세운 강제 수용소예요. 나치는 다하우의 죄수들은 모두 강도나 살인자여서 다른 사람을 해치려고 한다고 선전하는 것부터 시작했어요. 나치가 하는 말을 믿는 편이 나치에게 대항하는 것보다 훨씬 쉬웠죠. 권위에 순응하는 편이 대항하는 것보다 쉬운 법이거든요. 수용소 인근 주민들이 진실을 깨달은 후에는 이미 할 수 있는 일이 아무것도 없었을 거예요. 다하우 수용소는 나치 정권에 반대하는 사람들도 오는 곳이었어요. 말하자면 정치범이죠. 마을 정육점 주인은 히틀러를 좋아하지 않는다고 말했다가 수용소로 왔어요. 수감자에게 샌드위치를 줬다가 체포된 아주머니도 있었고요. 나는 이렇게 나치에게 굴하지 않았던 사람들에게 감사해요. 그들은 옳은 일을 했어요. 그런데 잘 모르겠어요. 만약 내가 그 사람들이었다면 과연 나도 그렇게 용감했을까? 여러분도 그렇게 용감했을까요?"

버스 정류장 앞에 널브러진 화분 조각을 보며 울던 닐 아저씨가 생각났다. 프란체스카와 니콜라와 데니와 리암에게 감히 나서지 못했던 나도. 나치 친위대도 아닌 그 애들 앞에도 나서지 못했다. 나라면 절대 용감하지 못했을 것이다.

"그리고 이 사실을 깨닫는 데 평생이 걸렸어요. 나치 체제에 반하는 일을 하나라도 한다면 그건 용감한 거예요. 어린 소녀 입장에서는 더더욱 그렇겠죠. 개를 숨겨 주는 사소한 일이라고 해도요. 나는 현명하고 인간미가 넘치는 아버지에게 교육을 받았어요. 세뇌 교육을 받지 않은 덕분에 부끄러울 것이 하나도 없었죠. 그 후로 세월이 아주 많이 흘렀고, 지금은 부끄러움을 느껴야 했던 그 소녀에게 경멸이 아닌 연민을 느껴요. 소녀를 다시 만난다면 그때 보여 준 용기에 감사할 거예요. 그 용기가 거창한 것이 아니었다 해도요.

이 이야기를 끝맺으면서 여러분에게 당부하고 싶은 것이 있어요. 우리 주위에 편견의 싹이 자라고 있지 않은지 잘 살펴보세요. 사람을 오로지 경제적인 가치로만 판단하지는 않는지, 장애인이나 노약자를 악의적으로 놀리지는 않는지요. 일찍, 싹이 고개를 들기 시작할 때 바로 잘라 내세요. 그래야 편견이 뿌리를 내려 여러분의 나라를 집어삼키지 못할 거예요. 아름다운 내 조국, 독일을 망가뜨렸던 것처럼 말이에요. 1930년대 초반에 나치 이념을 일찌감치 배척했더라면, 수백만 명의 사람이 살해당하는 일은 벌어지지 않았을 거예요."

우리 모두 충격에서 헤어 나올 수 없었다. 반 전체가 조용했다. 벤 외할머니가 덧붙였다.

"여러분, 절망하지 마세요. 다른 사람에게 호의를 베풀어 봤자 아무 소용 없다고 생각하지 마세요. 모든 것을 다 해내지 못했다고 해서 아무것도 하지 못할 거라고 생각하지 마세요. 소녀의 아버지가 위험을 무릅쓰고 강아지를 숨겨 주지 않았다면, 어머니와 내가, 인생이 나락으로 떨어진 시기에 마법처럼 우리 울피를 만나는 일은 없었을 거예요. 결국 새아버지와 우리 어머니가 만날 일도, 내가 여태까지 행복하게 살면서 지금처럼 사랑스러운 가정을 꾸릴 일도 없었을 거예요."

박수가 터져 나왔다. 브래디 선생님이 이제 나가도 좋다고 했다. 오전 시간 내내 쉽지 않은 이야기를 들었으니 평상시보다 오래 쉴 거라고 했다.

"정말 감동적이었어."

벤치에 자리를 잡고 나서 케이트가 말했다. 케이트도 울었지만, 기진맥진한 나와는 달리 나치, 그러니까 불의에 대항하겠다는 의욕으로 충만한 것 같았다. 내가 한숨을 쉬자 케이트가 쳐다보았다.

"제시, 아까 수업 시간 전에 무슨 이야기 하려고 한 거야? 힘든 일이 뭐야?"

케이트에게 털어놓고 싶은 마음이 굴뚝같았지만, 그보다 먼저 이야기해야 할 상대가 있다는 사실이 불현듯 떠올랐다.

그때 휴대 전화가 울렸다. 엄마였다.

"제시, 너 지금 프란체스카하고 같이 있니? 아빠랑 지금 학교로 가는 중이야. 너희 둘 다 병원에 좀 가야겠어. 할머니 상태가 아주 안 좋아지셨는데, 너희를 꼭 보셔야겠다고 하신대. 의사 선생님이 지금 당장 너희 둘 다 데려오래. 십 분 후에 학교 정문에서 만나자."

프란체스카의 고백

프란체스카는 화장실에서 루시 뱅크스와 함께 눈물 자국을 닦고 있었다. 그러니까 두 사람은 최소한 울기는 한 것이다. 니콜라 바커가 이런 이야기를 듣고 분노하는 모습은 상상할 수 없었다. 그 애는 오늘따라 학교에 오지도 않았다. 아팠으면 좋겠다. 그래도 싸니까.

"제시, 또 뭐니?"

프란체스카가 물었다. 다시 잘나가는 프란체스카인 척하려고 애쓰는 것 같았다. 하지만 마음대로 되지 않는 눈치인 데다, 나 역시 그냥 당해 줄 기분이 아니었다.

"할머니 상태가 악화됐어. 병원에 가야 해. 지금 엄마랑 아빠가 오고 계셔. 프란체스카, 그 전에 따로 이야기 좀 해."

내가 말했다. 프란체스카는 나를 빤히 쳐다보았지만 말꼬리를 잡지는 않았다. 그리고 가방을 챙겨 들고 나를 따라 복도로 나왔다. 복도에는 아이들이 많았기 때문에, 나는 곧장 프란체스카를 데리고 특별 정원으로 갔다. 물론 할머니 이야기를 할 생각이었지만 그보다 먼저 정리해야 할 이야기가 있었다.

"닐 아저씨한테 무슨 짓 했는지 알아."

"그거 나 아니야……."

프란체스카는 그게 무슨 뜻이냐고 되묻지도 않고 말했다.

"난 걔들이 닐 아저씨를 밀어 넘어뜨리려는 줄은 몰랐어. 가게에 벽돌 던진 사람도 나 아니야. 걔들이야."

"뭐라고? 그럼 그게 외국인 노동자들 짓이 아니란 말이야? 굽타 아저씨네 가게 유리창에 벽돌을 던진 범인이 리암하고 데니하고 니콜라라고?"

내가 아빠에게 외국인들 짓이라고 말하면서도 반신반의하긴 했지만, 정말로 그 사람들은 범인이 아니었다.

"리암이 굽타 아저씨가 짜증 난다고 했어. 자기한테 담배를 안 판다고."

태연한 목소리에 프란체스카도 담배를 피우는지 의심스러웠다. 부디 아니기를 바랐다.

"리암은 농장 노동자들도 싫어해. 동네에서 자기들끼리 몰려다니면서 걸리적거리는 게 싫대. 리암이 그랬어. 가게에 벽돌을 던진 다음, 폴란드 말처럼 들리게 소리를 치자고. 그러면 굽타 아저씨한테 복수도 하고 농장 노동자들한테 덮어씌울 수도 있다는 거야. 벽돌 하나로 새 두 마리를 잡는 셈이라고. 나는 끼고 싶지 않았어. 가뜩이나 닐 아저씨 일도 있었는데."

"그러면 버스 정류장에서 닐 아저씨를 밀치고 놀린 건 맞는 거네?"

"아니라니까. 니콜라하고 데니랑 리암이랑 같이 있었던 건 맞아. 그렇지만 아저씨를 밀친 건 걔들이지, 난 아니야. 정말이야, 제시. 난 아니야."

프란체스카 표정에서 자신의 행동을 부끄러워하고 있다는 게 보였다.

"하지만 넌 그 애들이 아저씨를 놀리는 걸 말리지는 않았어. 그렇지? 아저씨는 상처를 많이 받았어."

"말릴 수가 없었어. 애들이 다짜고짜 아저씨를 밀어 버렸단 말이야. 아저씨는 아무짝에도 쓸모없다고 하면서……. 걔들은 나도 그런 걸 재미있어한다고 생각했단 말이야."

"너도 재미있어했잖아! 그 애들이랑 같이 웃는 걸 내가 봤어! 너희들이 깨뜨린 그 화분 조각을 아저씨랑 같이 주우면서 내가 봤단 말이야!"

나는 소리를 질렀다.

"제시, 제발 우리 엄마한테 이르지 마. 엄마가 난리치실 거야. 미안해. 잘못된 일이라는 건 알지만, 그 애들이 웃으면 난 따라 웃을 수밖에 없어. 애들이 소동을 일으키러 가게로 몰려 간다고 했을 때, 난 잘못하는 일이라고 생각했어. 그래서 저녁 먹으러 가야 한다고 했어. 일이 벌어졌을 때 나는 없었어. 하지 말라고, 하기 싫다고 말할 용기가 없었을 뿐이야."

"네가 무서울 게 뭐가 있어? 넌 우리 학년에서 제일 잘나가는 아이잖아. 넌 그 애들을 말릴 수 있었어."

"제시, 그렇지 않아. 넌 그 애들을 몰라. 내가 어떻게 해야 할지 모르는 것처럼."

나는 프란체스카를 가만히 바라보았다.

"제시, 부탁이야. 부탁이니까 우리 엄마한테 말하지 마."

"프란체스카, 어쩔 수 없어. 네가 말하지 않겠다면 내가 할 거야. 넌 이야기해야 해. 오늘 당장."

"할머니가 다 나으실 때까지만 기다려 주면 안 되니? 이미 힘든 일이 너무 많잖아."

아, 할머니! 알겠다고 할 뻔했다. 하지만 닐 아저씨의 표정 과 덜덜 떨리던 손이 떠올랐다. 그날 아저씨는 많이 놀랐고 위협을 느꼈다. 유리가 깨지는 소리가 들리고, 굽타 아줌마가 깨끗이 청소해 놓은 가게 바닥에 흩어진 유리 조각이 눈에 아른거렸다. 조심스럽게 유리 조각을 쓸어 담으면서 굽타 아줌마는 손을 떨었다. 이젠 다 끝내고 싶었다.

"네가 말하지 않겠다면, 내가 우리 엄마 아빠한테 말하겠어. 오 분 후면 도착하실 거야. 우린 병원으로 갈 거야. 할머니가 너랑 나를 보고 싶어 하신대."

내가 말했다.

"왜, 할머니한테 무슨 일이 생긴 거야? 왜 대낮에 갑자기 병원에 가? 정말 많이 안 좋으신 거야?"

프란체스카는 흐느껴 울기 시작했다.

"제시, 정말 미안해. 다 미안해. 그냥 다 싫었어. 아빠가 떠나신 것도 싫고 엄마가 매일 우시는 것도 싫고 엄마가 나를 옆에 잡아 두려고 전학 시키신 것도 싫었어. 부탁이야, 아무한테도 말하지 말아 줘. 난 그냥 친구가 필요했을 뿐이야."

"친구? 나랑 케이트가 친하게 지내려고 했는데 네가 우리를 무시했잖아."

나도 모르게 말이 튀어나왔다. 깨닫지는 못했지만 프란체스카에게 무시를 당해서 화가 많이 났고 크게 상처 입었던 것 같다.

"미안해. 난 그냥…… 그냥 잘나가는 아이이고 싶었어. 여태

껏 한 번도 초라한 아이였던 적이 없었단 말이야."

"바로 나나 케이트처럼. 그런 뜻이야?"

바로 그 순간 다시는 프란체스카를 대단하게 생각하지 않을
거라는 걸 깨달았다.

"초라한 아이이기 싫었다고? 그래서 우릴 무시했니? 그래서
닐 아저씨를 괴롭히고 굽타 아저씨네 유리창이나 깨뜨리는 애
들이랑 친구가 되기로 한 거라고? 그게 잘나가는 거야?"

"제시, 정말 미안해. 넌 어젯밤에도 아주 잘해 줬어. 핫 초콜
릿도 만들어 주고. 정말 미안했지만, 뭘 어떻게 해야 할지 알
수가 없었어."

벤 외할머니가 이야기해 준 소녀가 생각났다. 할머니네 집
현관 앞에서 눈물을 흘리며 정말 미안하다고 말했던 그 소녀.
지난밤에 프란체스카 방문 앞에서 서성일 때가 생각났다. 그때
프란체스카는 울먹이고 있었다. 가게에서 걸어 나오는 데니와
리암과 니콜라와 프란체스카를 보며 내가 무슨 생각을 했는지
기억났다. 나는 이제껏 누가 닐 아저씨를 밀었는지 아무에게도
말하지 않았다. 용감하지 못하기는 나도 마찬가지였다.

나는 휴대 전화를 꺼내 시간을 확인했다.

"프란체스카, 가자. 엄마랑 아빠가 정문에서 기다리실 거야.
우리 같이 말하자."

해피 엔딩이면서 새드 엔딩

그럴 때가 있다. 잘못을 뉘우치고 옳은 일을 하려고 마음먹었는데도 상황은 계속 엉망으로 계속될 때가. 엄마 아빠가 한시라도 빨리 우리를 할머니에게 데려다주는 데 온 정신을 쏟고 있어서, 당장은 아무것도 바로잡을 수 없었다. 리암 패거리 이야기는 할머니한테 다녀온 다음에야 꺼낼 수 있을 것 같았다.

"우선 병원부터 다녀오자. 그런 다음에 이야기하자."

아빠가 차를 세우자, 나는 재빨리 속삭였다.

고개를 끄덕이는 프란체스카는 하늘이 무너진 것 같은 표정이었지만, 엄마 아빠는 할머니가 걱정되어서 그런 줄 알았고, 무슨 일이 있냐고 묻지 않았다. 물론 나도 할머니가 걱정되어 하늘이 무너진 것 같은 심정이었다.

할머니는 침대에 누워 있었다. 자면서도 근심이 가득한 얼굴로 계속 몸을 뒤척이며 중얼거렸다. 숙면을 돕는 약을 썼다고 들었는데 별로 효과가 없는 모양이었다.

"도대체 뭘 걱정하시는지 좀 알았으면 좋겠어. 제대로 쉬지 못하면 회복도 힘드실 거야."

엄마가 말했다.

다 함께 기다리고 있는데, 잠시 후에 간호사가 와서 할머니가 일어나려면 한참 걸릴 것 같다면서 모두 오게 해서 미안하다고 했다. 결과적으로 그렇게 위독한 상황은 아니었다.

집으로 돌아온 후에 프란체스카가 모든 사실을 털어놓았다. 어떻게든 빠져나가려니 했는데, 결국 프란체스카가 직접 용기를 냈다. 프란체스카는 연거푸 "미안하다"며 계속 울었다. 그 모습이 안되어 보이면서도 조금 지긋지긋하기도 했다. 엄마와 아빠는 누가 닐 아저씨를 밀었는지 알고 있으면서도 아무 말도 하지 않은 나에게 많이 실망한 것 같았지만, 나는 뭐라고 변명할 수가 없었다.

경찰 아저씨가 와서 우리 둘에게 이것저것 물어본 다음, 프란체스카에게 경찰서로 함께 가야겠다고 했다. 아빠는 프란체스카를 데리고 경찰서로 갔다. 고모와 런던에서 온 고모부도 함께였다. 나중에 세 사람은 닐 아저씨를 찾아가서 거듭 "미안하다"고 했다. 경찰 아저씨는 만약 굽타 아저씨 부부가 고소하면 법정까지 가게 될 수도 있는 사건이지만, 프란체스카가 증인으로 출석할 필요는 없을 것 같다고 했다.

"탈이 많은 하루구나."

집으로 돌아온 아빠가 말했다.

"아빠, 정말 미안해요."

나도 또 사과했다. 스노이가 달려와서 내 다리에 앞발을 걸쳤다. 나는 스노이를 안아 올려서 무릎에 앉혔다. 스노이의 보드랍고 폭신한 털에 얼굴을 묻으니 위로가 되었다.

"오늘은 숙제 없니? 이거 하나는 말해 둘게. 제시, 넌 옳은 일을 한 거야."

엄마는 나에게 뽀뽀해 주었다. 그렇게 말해 줘서 감사했지만, 만약 마법 주문을 외워 과거로 돌아갈 수 있다면 다르게 행동하고 싶었다. 더 나은 방식으로……. 옳은 일을 하기까지 이렇게 오래 걸렸다는 사실이 마음에 걸렸다.

"참, 국어 숙제로 동화책 읽어야 해요."

내가 말했다. 그 숙제는 까맣게 잊어버리고 있었다.

"잘됐네. 동화책 읽으면 기분이 좋아질 거야. 그럼 넌 숙제를 하고, 엄마는 저녁 식사 준비 전에 핫 초콜릿을 만들어 줘야겠다. 할머니 안락의자에서 편하게 앉아서 책 읽어."

나는 잠든 스노이를 바구니에 데려다 놓은 다음, 핫 초콜릿을 들고 할머니 안락의자에 앉았다. 그리고 《도둑 신랑》을 읽기 시작했다.

다 읽은 후에도 기분은 전혀 좋아지지 않았다. 소름 끼치는 동화였다.

줄거리는 이렇다. 방앗간 주인은 아름다운 딸을 아주 돈이 많은 남자와 짝지어 주려고 한다. 그런데 남자를 본 딸은 아무래도 느낌이 좋지 않다. 그래서 결혼도 전혀 기쁘지 않다. 하루는 남자가 와서 딸에게 죽음의 숲에 있는 자신의 집으로 오라고 초청한다.

일요일이 왔어요. 딸이 출발할 시간이에요. 그런데 뭐라고 설명할 수 없는 무서운 기분이 들었어요. 딸은 나중에 다시 길을 찾을 수 있도록 주머니에 여러 가지 콩을 잔뜩 준비했다가 가는 길에 하나씩 하나씩 뿌려 두었어요.

《헨젤과 그레텔》이 생각나는 대목이었다. 어린 시절에는 그 이야기를 읽을 때마다 길을 잃거나 혼자 집에 와야 할 때를 대비해서 하얀 조약돌을 주머니에 넣고 다닐까 고민했다. 빵 부

스러기는 아무 쓸모가 없다는 걸 알고 있었기 때문이다. 그때
는 그게 심각한 고민이었는데…….

다시 이야기로 돌아가서, 딸이 숲 속 아주 으슥하고 어두운
데까지 걸어 들어가 보니, 기괴하고 음침한 집 한 채가 덩그러
니 있다. 딸은 집이 전혀 마음에 들지 않는다.

여기서 또 《헨젤과 그레텔》이 생각났다. 물론 마녀가 헨젤
과 그레텔을 유혹하려고 지은 과자 집은 예쁘고 맛있어 보였지
만…….

딸이 외딴집으로 향하는데 이런 소리가 들린다.

돌아가, 돌아가, 고귀한 아가씨.
살인자들의 소굴에서 서성이지 마.

새장 속의 새가 딸에게 경고한 것이다. 그래도 딸은 안으로
들어가 한 노파를 만난다. 노파는 딸에게 그곳은 살인자들의
소굴이라며, 자신이 도와주겠다고 한다.

그다음부터가 끔찍하다.

딸은 노파의 도움으로 아슬아슬하게 도둑들의 눈을 피해 숨
는 데 성공한다. 딸이 숨어서 보는 가운데 도둑들은 잡아 온
소녀를 죽여 토막(!!) 낸다. 딸은 소녀가 살려 달라고 애원하는

소리를 듣는다. 도둑들이 소녀를 죽인 다음에 반지를 빼기 위해 소녀 손가락을 토막 내는 장면에서는 책을 덮을 뻔했다.

내가 생각하는 동화책이 아니었다. 디즈니랜드에 '도둑 신랑 열차'가 있는 것은 상상할 수도 없었다!

딸은 노파를 데리고 도둑 소굴에서 탈출하는 데 성공한다. 그리고 콩이―참 빨리도― 자라서 덩굴을 이룬 길을 따라 집으로 돌아온 다음, 아버지에게 모든 사실을 이야기한다. 아버지와 딸은 도둑들을 잡을 덫을 놓기로 한다.

딸은 예정대로 결혼식을 치르러 숲으로 들어가면서, 하객을 많이 초청한다. 할 이야기가 있다고 하자 악마 같은 도둑 신랑이 이야기를 해 보라고 한다. 딸은 자신이 숲으로 들어와 집을 찾으면서 겪은 일들을 모두 들려준다. 새가 경고했다며, 이렇게 말했다고 한다.

돌아가, 돌아가, 고귀한 아가씨.
살인자들의 소굴에서 서성이지 마.
귀여운 아가씨, 이건 다 꿈이야.

진짜란 걸 다 알면서 딸은 왜 '꿈'이었다고 거짓말을 했을까? 굳이 생각하자면, 꿈이라고 해야 하객들이 계속 이야기를 들을 수 있기 때문이 아닐까? 진짜라고 말하면 너무 끔찍해서 받아들일 수 없을지도 모르니까.

딸은 끔찍한 부분이 나올 때마다 '귀여운 아가씨, 이건 다 꿈이야'를 덧붙이면서 이야기를 계속한다. 어느덧 도둑 중 하나가 살해한 소녀의 손가락을 잘라 내는 장면까지 왔다.

"공중으로 튕긴 손가락은 커다란 나무 술통 뒤에 숨은 제 무릎으로 떨어졌어요. 바로 여기, 반지를 끼운 손가락 토막이 있답니다."
말이 떨어지기가 무섭게 신부는 손가락 토막을 꺼내 모인 하객들에게 보여 주었어요.

이 부분에서 '우웩' 소리가 절로 나왔다. 그렇지만 한편으로 딸이 정말로 기뻤을 거라는 생각이 들었다. 결국에는 자신이 목격한 장면을 그냥 지나치지 않고 뭔가를 해냈으니까. 소녀가 살해당하는 장면을 보면서도 무력하게 도와주지 못했을 때는 끔찍했을 테지만, 나중에는 정의를 실현했다.
이야기는 이렇게 끝난다.

딸의 이야기를 듣던 신랑은 얼굴이 점점 새하얗게 질리더니 갑자기 도망치려고 했어요. 하지만 하객들에게 잡혀 꽁꽁 묶인 신세가 되었지요. 그리고 법정으로 끌려갔어요. 살인자 신랑 일당은 악행의 대가로 사형 선고를 받았답니다.

이제 동화가 해피 엔딩인지 아닌지 결정할 차례였다. 나는 이렇게 썼다.

《도둑 신랑》의 결말은 해피 엔딩이면서 동시에 새드 엔딩이라고 생각합니다. 주인공은 사람들에게 사실을 밝히면서 도둑이 소녀를 죽인 죗값을 받게 했지만, 그렇다고 해서 죽은 소녀가 살아 돌아오는 것은 아니니까요. 토막 난 손가락 이미지는 책을 덮은 뒤에도 한참 동안 계속 생각납니다. 자기 전에 읽을 책은 아닙니다. 만화 영화로 만들 수도 없을 것 같습니다.

나는 바구니에서 자고 있는 스노이를 들어서 깨든지 말든지 아랑곳하지 않고 평소보다 세게 끌어안았다. 저녁 식사 후에 고모한테 전화가 와서 엄마랑 아빠 모두 오랫동안 통화했다. 고모는 프란체스카를 며칠 동안 학교에 보내지 않기로 했다. 그리고 프란체스카가 학교생활이 전혀 즐겁지 않다고 해서 고모와 고모부, 프란체스카까지 셋이서 함께 앞으로 어떻게 하면 좋을지 의논할 거라고 했다. 프란체스카는 예전 기숙 학교로 돌아가고 싶다고 한 것 같았다. 고모는 나쁜 영향을 끼치는 우리 학교에서 프란체스카가 잠시 벗어나는 게 좋을 것 같다고 했다.

"프란체스카가 나쁜 친구를 사귀었다고 해서 그게 학교 탓은 아니지. 테스는 프란체스카한테 자기 행동에 스스로 책임을 지게끔 해야 해. 그렇지 않으면 이번 일로 아무것도 배우지 못할 테니까. 제시, 엄마 아빠는 네가 자랑스럽다."

우스웠다. 모두들 나에게 잘했다고 하는데, 나는 여전히 내 행동이 자랑스럽지 않았다.

"참, 오늘 독일에서 엽서가 또 왔어. 제시, 엽서는 네가 가져도 돼. 누구한테 보낸 건지는 여전히 알 수 없지만."

엄마가 대화 주제를 바꿨다. 엄마는 안락의자에 깊숙이 앉아 차를 한 모금 마셨다. 그러고는 탁자에 쌓인 우편물 더미에서 엽서를 한 장 빼내서 나에게 건넸다. 이번에는 숲 그림이 있었다. 나는 엽서를 뒤집어 보았다. 받는 사람은 여전히 마리아 바이어였다.

이번에는 이렇게 쓰여 있었다.

이곳의 아름다운 풍경을 기억해 주세요.

"마리아라는 사람은 엽서를 하나도 못 받아서 어쩌니."
엄마가 말했다.

나는 이 층으로 엽서를 가지고 올라가서, 침대에 누워 엽서의 숲 그림을 가만히 쳐다보았다. 스노이와 애견훈련교실에 갔을 때가 떠올랐다. 그때 얼마나 즐거웠는지, 벤이 얼마나 친절했는지 생각났다. 그렇지만 벤 외할머니가 겪은 일들이 같이 떠올라서 마음이 다시 울적했다. 아직도 병원에 있는 다정한 우리 할머니도 생각났다. 좋게 끝난 것이 하나도 없었다. 현실에는 해피 엔딩이 없다는 사실에 울고만 싶었다.

바구니에서 곤히 자는 스노이를 바라보았다. 내 방에서 스노이랑 같이 자도 되냐고 물었을 때, 엄마 아빠는 내가 며칠을 무척 힘들게 보냈을 테니 데리고 가도 좋다고 했다. 잠든 스노이가 발을 움찔거리며 꼬리를 살짝 흔들었다. 행복한 꿈을 꾸는 것 같았다. 스노이는 그런 꿈을 꿀 자격이 있었다.

나도 뭔가 제대로 된 착한 일을 하고 싶었다. 최소한 할머니가 회복하는 데 조금이라도 도움이 되고 싶었다. 할머니는 지금 기운을 내서 건강해져야 하는데, 모든 기운을 과거에 두고 와 버린 것 같았다.

나는 베개 아래서 사진을 꺼내서 소녀의 얼굴을 가만히 쳐다보았다.

"어떻게 하면 상황이 나아질까?"

내가 물었다. 그렇지만 소녀도 나도 방법을 찾지 못했다는 사실은 분명했다.

할머니 과거를 찾아서

다음 날 헌터 선생님이 《도둑 신랑》이 어땠냐고 물었다.

"끔찍해요. 《신데렐라》나 《잠자는 숲 속의 공주》가 훨씬 좋아요."

루시가 나섰다.

"왜지?"

헌터 선생님이 물었다.

"훨씬 착하잖아요. 나중에 아이를 낳으면 이런 책은 절대로 안 읽어 줄 거예요. 《도둑 신랑》은 뭐랄까…… 착하지 않아요."

"유혈이 낭자하고 폭력적인 요소가 있다는 점에서 이런 이야기에 문제가 있다는 의견이 많지."

헌터 선생님이 말을 이었다.

"그렇다면 생각해 보자. 브루노 베텔하임이라는 사람은 이런 동화가 어린이들에게 도움이 된다고 했어. 왜 그랬을까?"

헌터 선생님이 물었다.

야스민이 손을 들었다. 수업 시간에 말을 거의 안 하기 때문에 손을 들었다는 것만으로 큰 사건이었다.

"삶은 행복하지도 평온하지도 않으니까요. 나쁜 일이 일어나는 걸 알면서도 아무것도 할 수 없을 때가 있으니까요."

야스민이 이제껏 수업 시간에 한 말 중에 제일 길었다. 야스민은 말을 마치자마자 다시 고개를 푹 숙이고 책상만 바라보았다. 자세히 보니 한 손에 클립을 쥐고 탁탁 튕기고 있었다.

"야스민, 아주 잘했다!"

헌터 선생님은 교실을 한 바퀴 돌며 설명을 이어 나갔다.

나는 야스민을 힐끗 보았다. 이제는 필통에서 필기구를 모조리 빼냈다가 다시 집어넣기를 반복하고 있었다. 그것이야말로 세상에서 가장 중요한 일이자 자신이 할 수 있는 유일한 일이라는 듯이.

"야스민 의견에 전적으로 동의할 사람이 많아. 브루노 베텔하임도 그중 한 명이지. 브루노 베텔하임은 동화가 꼭 착하거나 말랑말랑하고 아름다울 필요는 없다고 했어. 오히려 험난한

현실을 깨닫도록 도와주어야 한다고 했지. 그리고 정서 장애가 심한 아이들을 이해하는 데 이런 동화를 활용하기도 했어. 어떤 아이들은 잔혹한 동화 같은 삶을 살아. 부모가 동화에 나오는 나쁜 마녀와 비슷한 경우도 있고 의자를 아이들을 때리는 도구로 쓰기도 하지. '일반적인' 사람들에게 둘러싸여 사는 '일반적인' 세상의 사람들은, 그 아이들이 왜 이상한 행동을 취하는지 왜 정서적인 불안을 겪는지 이해하지 못해. 먼저 잔혹한 동화 같은 세상을 사는 아이들이 처해 있는 환경을 제대로 알아야 해. 그래야 상황을 변화시킬 수 있을 테고, 그러면 모두가 만족할 해피 엔딩으로 이어질 수 있을 테니까.

그럼 남은 시간에는 지금 쓰고 있는 각자의 동화를 조금 더 다듬어 보자. 야스민, 잠깐 도와줄 수 있니? 가서 교재를 몇 권 가져와야 하는데 함께 다녀왔으면 좋겠구나."

잠시 후, 선생님은 도서실에서 책을 몇 권 빌려 야스민과 함께 돌아왔다. 야스민이 괜찮은지 보려고 데리고 나간 것이 분명했다. 정말 다정다감한 선생님이다.

우리 반 아이들은 동화 쓰기에 열중했다. 하지만 나는 성채 그림을 끼적이고 있었다. 줄곧 할머니 생각뿐이었다. 그러다가 할머니를 도우려면 무슨 일을 해야 하는지 불현듯 깨달았다. 나는 수업 시간이 끝나기만을 목이 빠져라 기다렸다.

쉬는 시간이 되자마자 나는 케이트에게 스노이가 할머니 침대 밑에서 찾아낸 사진 상자가 엉망진창으로 엉켜 버린 할머니의 기억과 관련이 있는 것 같다고 설명했다. 그러자 케이트는 마법의 지팡이를 빼내 든 것처럼 할 일을 계획하더니 상황을 단번에 정리했다.

점심시간에 나와 케이트, 야스민이 샌드위치를 먹고 있을 때, 벤이 다가와 말했다.

"지금 엄마한테 전화하고 오는 길이야. 너희 셋 다 저녁에 집으로 와도 좋다고 하셨어."

정말이지 케이트는 천재다. 쉬는 시간이 끝나기 전에 벤에게 도움을 청한 것이었다. 역사 미스터리를 함께 풀자고, 벤의 집에 가도 되냐고 물었다. 나는 케이트가 왜 그랬는지 잘 알았다. 내가 벤과 함께 있는 걸 좋아한다는 사실을 눈치챈 게 분명했다. 벤도 굉장히 신이 난 것 같았다. 물론 벤이 나 때문에 신이 난 게 아니라는 걸 알지만, 그래도 그 모습에 나도 힘이 났다. 야스민도 기분이 좋아 보였다.

◆

나는 할머니 집으로 가서 엄마 아빠한테 벤의 집에 가도 되는지 허락을 받았다. 물론 아무 문제가 없었다. 하물며 케이트와 야스민도 같이 간다는데. 하지만 할머니의 상자를 가져갈 거라고 말하지는 않았다.

"아빠, 할머니 어린 시절은 어땠어요?"

내가 물었다.

"글쎄다, 별로 행복하지는 않으셨다지."

아빠가 식기세척기에 그릇을 넣으며 대답했다.

"그건 어떻게 아셨어요?"

내가 다시 물었다.

"글쎄, 할아버지가 할머니 어린 시절에 대해 절대 물어보지 말라고 늘 그러셨거든. 할머니는 한 번도 말씀하신 적이 없고."

"그래도 어디서 태어나셨는지, 어디서 학창 시절을 보내셨는 지 그런 것도 몰라요? 할아버지랑 어떻게 만나셨는지 그런 것 도요?"

"런던에서 만나셨어. 할머니가 할아버지의 미국인 친구 회사 에서 일하셨거든. 할머니는 비서였어."

"할머니는 어렸을 때 캠핑을 자주 다니셨대요? 캠핑에는 선수 시잖아요. 분명 어디서 배우셨을 거예요. 그때는 분명 행복하셨 을 거고요. 할머니가 아빠한테 그런 이야기 하신 적 없어요?"

"제시, 솔직히 말하면 아빠는 그런 거 생각해 본 적이 없어."

아빠는 식기세척기에 세제를 넣고 문을 잘 닫았다. 버튼을 누르자 세척기 전원에 불이 들어왔다.

"할아버지가 군인이셨으니까, 아마도 결혼한 다음에 할아버지가 할머니한테 가르쳐 주신 거 아닐까? 그런데 우리 딸은 왜 그런 게 궁금할까?"

"저는 그냥……."

'환경을 제대로 알아야 그 사람을 이해한다'고 했던 헌터 선생님의 말이 떠올랐다. 하지만 아빠에게 내 생각을 말로 정리해 설명하기란 어려웠다. 아빠는 헌터 선생님에게 수업을 듣지 않았으니까.

"…… 그냥 할머니가 계속 사과하시잖아요. 그렇다면 할머니 어린 시절에 무슨 일이 있었을 수도 있잖아요. 할머니가 뭔가 잘못을 저지르셨을 수도 있고."

"할머니가? 할머니는 무슨 비밀을 감추는 분이 아니야. 평생 나쁜 일이라고는 한 번도 하신 적이 없는걸. 할머니는 어린 시절이 불행했고 그래서 이야기를 꺼내고 싶지 않으신 것뿐이야. 할머니가 나쁜 짓을 저지르는 모습이 상상이 되니? 제시, 그런 거야?"

아빠는 껄껄 웃고 나서 주제를 바꾸었다.

"이제 아빠는 엄마랑 병원에 가서 할머니가 잘 계신지 보고 와야겠다. 새로 쓴 약이 잘 듣는지도 확인하고. 벤네 집까지 혼자 걸어갔다 오는 거 진짜 괜찮지? 혹시 엄마 아빠가 늦을지도 모르니까 열쇠 꼭 가지고 가라."

아빠한테는 말해 봤자 소용이 없었다. 사랑하는 아빠지만, 아빠는 원래 듣는 데는 소질이 없었다.

나는 이 층으로 올라가 베개 아래에 둔 사진을 꺼내서 외투 주머니에 넣은 다음, 엄마 아빠가 일 층에 있는 걸 확인하고는 얼른 할머니 방으로 들어갔다. 새로운 상자는 엄마가 가져다 둔 대로 옷장 꼭대기에 있었다. 의자를 놓고 위로 올라가서 상자를 내리고 가방에 챙겨 넣었다. 죄책감은 없었다. 꼬집어 설명할 수는 없지만 할머니는 내가 이렇게 하길 바랄 것 같았다.

"제시!"

엄마가 나를 불렀다. 다행히 내가 뭘 했는지 들키지는 않았다.

"방금 벤 엄마한테 스노이도 너랑 같이 보내도 되냐고 전화했어. 그래도 괜찮니? 스노이가 오늘 오래 혼자 있었거든. 벤 엄마는 괜찮다고 하시는데."

나는 주머니에 비닐봉지와 강아지 간식을 잔뜩 챙겨 넣고 스노이한테 목줄을 채워 벤네 집으로 갔다. 벤 엄마는 스노이를 보고 반색을 하고는 벤의 쌍둥이 남동생을 불러 정원으로 데리고 가서 다른 개들하고 다 같이 놀라고 했다. 벤네 개들은 사람을 정말 잘 따르는 데다 아주 활달했다. 스노이는 생애 최고로 멋진 파티에 초대받은 것 같았다. 플라스틱 화분을 물고 정원을 전속력으로 달리는가 싶더니 갑자기 자기 발에 걸려 넘어지고는 깜짝 놀란 얼굴이 되었다가 곧 커다란 개들을 쫓아 다시 달렸다. 그 모습에 쌍둥이는 자지러지게 웃었다. 그러고는 스노이를 데리고 축구를 시작했다.

우리 넷이 주방에 자리를 잡고 앉자, 벤 엄마가 주스와 비스킷을 내주면서 마음껏 놀라고 했다. 나는 드디어 상자를 꺼냈다.

사실 내가 상상했던 것과는 조금 다른 모습이었다. 벤 엄마와 외할머니가 옆에 있었기 때문이다. 하지만 상관없었다. 나는 두 분을 정말 좋아했고, 주방에서 저녁 식사를 준비하느라 우리에게 그다지 신경을 쓰지는 않았으니까.

케이트가 말을 꺼냈다.

"역사 탐험대가 된 기분인걸. 자, 제시, 다 쏟아부어. 우리가 이 미스터리를 풀 수 있을지 한번 두고 보자!"

편지의 비밀

나는 리본으로 묶인 편지 봉투 꾸러미는 한쪽으로 치웠다. 할머니한테 온 편지까지 읽는 건 결례라는 생각이 들었다. 소녀가 개를 껴안고 찍은 사진처럼, 따로 묶어 놓지 않은 흑백 사진을 보는 데만 집중했다.

아빠 말과는 달리 상자에서 나온 사진은 모두 행복하고 평범해 보였다. 금발 머리 소녀와 소녀보다 조금 더 나이가 들어 보이는 소년, 두 사람의 부모처럼 보이는 어른 두 사람이 행복한 모습으로 찍은 사진이 여러 장이었다. 역사 시간에 벤 외할머니가 해 준 이야기와 비슷한 느낌이 났다. 사진 속의 가족은 외국으로 자주 여행을 다닌 것 같았다. 그중에서도 특히 호수나 산 근처에서 캠핑하는 모습이 많았다. 가족들이 타고 다니는 차는 내가 늘 갖고 싶어 하는 귀여운 '비틀(독일 폭스바겐 사의 딱정벌레 모양 소형차)'이었다.

"우리 할머니가 가족들이랑 찍은 사진이 아닌가 싶어. 그렇다면 할머니가 왜 그렇게 캠핑에 능숙한지 설명이 되거든."

내가 말했다.

"아니야, 여기 이 여자애 이름은 마리아 아니면 소피야. 너희 할머니 성함은 엘리자베스잖아."

케이트가 사진 뒷면을 보며 대답했다.

'또 마리아네.'

엽서의 주인과 같은 이름이 나왔다는 것이 재미있었다.

"마리아, 토머스, 마틴, 소피."

"그렇구나. 다 모르는 이름이야. 할머니가 이야기하신 적 있는 사람은 할머니 사촌 언니뿐인데, 그분 성함은 하이디야."

"개한테 말하는 법을 가르치셨다는 분?"

케이트가 물었지만 나는 할머니 생각에 빠져 그 질문에 대답하지 않았다. 이거 하나는 확실했다.

"사진 배경은 분명 다 외국이야. 그런데 우리 할머니는 영국 땅을 벗어나 보신 적이 없어. 가족들이 늘 할머니를 놀렸거든. 할머니가 스코틀랜드만 가도 멀리 간 거라고 그러셔서."

"여기 또 있다."

벤이 끼어들며 말했다.

"마리아하고 토머스니까, 이 여자애 이름이 마리아고 남자 애는 토머스네. 그럼 소피는 엄마고 마틴은 아빠인가 보다. 이 가족은 산에 놀러 간 거야. 내 생각엔 스위스나 오스트리아인 것 같은데."

모두 함께 다른 사진도 훑어보았지만 다 마리아와 토머스 사진이었다. 예쁜 교회 정원에서 엄숙한 표정의 목사님과 찍은 사진도 있고, 스카우트 같은 복장으로 다른 아이들과 운동장에서 놀며 찍은 사진도 있었다.

"여기, 나이 많은 여자하고 찍은 사진도 있다. 셰퍼드 두 마리도 같이 찍었네. '마리아와 하이디, 휴고, 칼과 함께'라······."

케이트가 말했다.

"어, 이것 좀 봐!"

야스민이 들고 있는 사진에는 열두 살쯤 되어 보이는 소녀 둘이 금발 머리를 양 갈래로 땋고 울타리를 친 초원에 서 있었다. 그 뒤로 줄지어 늘어선 토끼장이 보였다. 신기하리만치 털이 풍성한 토끼 한 마리를 두 사람이 함께 껴안고 카메라를 향해 환하게 미소 짓고 있었다. 야스민이 사진을 뒤집어 보고 말했다.

"여기 보니까, 마리아하고 구드룬이라는데? 봐, 여기 뭐라고 쓰여 있는데……, 손으로 쓴 글씨라 잘 못 읽겠어. 'D', 뭐, 뭐, 맨 끝에는 'U'인 것 같고, 그리고 1941년."

케이트가 휴대 전화를 꺼냈다.

"사진 한번 줘 봐. 내가 검색해 볼게. 그런데 이 토끼 진짜 귀엽다. 어쩌면 이 'D' 어쩌고가 내가 모르는 토끼 품종 이름일지도 몰라."

케이트는 언젠가 토끼를 기를 생각이었기 때문에 예전부터 토끼에 관련된 자료라면 뭐든지 수집하고 있었다. 정말 케이트 다웠다. 케이트가 모르는 품종이라면 희귀종이 틀림없었다.

벤 엄마와 외할머니가 식탁으로 와서 합류했다.

"할머니가 편찮으시다니 속상하겠구나."

벤 외할머니가 나에게 말을 걸었다.

밑도 끝도 없이 내 눈에 눈물이 가득 고였다. 화장지를 꺼내려고 의자 등받이에 걸어 둔 외투 주머니에 손을 넣었는데, 개를 껴안은 소녀—이젠 이 소녀 이름이 마리아라는 걸 안다— 사진과 할머니가 병원에서 준 쪽지가 따라 나왔다. 할머니한테 쪽지를 받을 때도 같은 외투를 입고 있었다.

"병문안을 가면 할머니가 자꾸 쪽지에 알파벳을 써서 주세요. 제 친구들한테도 갖다 주라고 하시면서요. 특히 케이트한테 꼭 줘야 한대요. 할머니가 요즘 굉장히 불안해하시는데 왜 그러시는지 모르겠어요."

나는 벤 외할머니에게 쪽지를 보여 주었다.

쪽지를 받은 할머니는 'JM'이라고 쓰인 면을 자세히 들여다보았다.

"정말 이상하구나. 뭘 뜻하는 알파벳일까? 혹시 가족 중에 이름 약자가 JM인 분이 계시니? 할머니가 그분을 만나고 싶어 하시는 건 아닐까?"

"아닌 것 같아요. 저한테 사람들이 오면 이 쪽지를 보여 주라고 그러시거든요. 그런데 누구를 말씀하시는 건지 전혀 모르겠어요. 그리고 여기 있는 사진을 샅샅이 살펴봤는데, 저는 다 처음 보는 사진이에요."

나는 벤 외할머니에게 우리가 보고 있던 사진을 내밀었다.

"이건 다하우야."

케이트가 느닷없이 말했다. 케이트는 휴대 전화를 빤히 보고 있었다.

"지금 뭐라고 했니?"

벤 엄마가 물었다.

'다하우라고……?'

"내가 지금 검색창에 'D' 두 칸 띄우고 'ch' 한 칸 띄우고 'u',

토끼라고 쳤더니, '앙고라토끼 다하우'가 떴어! 봐!"

케이트는 사진과 함께 휴대 전화를 내밀었다. 화면에는 관련 기사가 떠 있었다. 나는 정말로, 진심으로 외면하고 싶었지만 읽지 않을 수 없었다.

강제 수용소 수감자들이 앙고라토끼를 돌보고 있다.
다하우 강제 수용소.

휴대 전화 화면에 죄수복 차림의 남자들이 토끼를 안고 있는 사진이 떠 있었다. 남자들 옆에는 할머니 사진에서 본 것과 똑같은 토끼 사육장도 보였다. 수감자들은 너무 말라서 해골처럼 보였다. 뼈만 남아 있었다.

케이트가 화면을 보면서 기사 내용을 크게 말해 주었다.

"나치는 부드러운 털을 얻기 위해서 앙고라토끼를 사육했대. 토끼털은 나치 공군 조종사 군복에 안감을 덧대는 용도로 쓰였고. 나치 친위대 대장이자 강제 수용소 소장인 힘러는 토끼를 사랑해서 털을 깎을 뿐 죽이지 않았대. 솔질도 잘해 주고 사료와 물도 충분히 공급했고. 하지만 토끼가 쾌적한 사육장에서 청결하게 지내는 동안 바로 옆 강제 수용소에서는 인간이 참혹한 환경에서 죽어 갔대……."

케이트 얼굴이 하얗게 질렸다. 케이트는 한 글자 한 글자 또 박또박 기사를 읽었다.

"1941년에 힘러의 딸인 구드룬이 다하우 강제 수용소를 방 문했다. 구드룬은 허브 정원으로 가서 지역 수의사와 그 가족 을 만나 토끼를 안으며 즐거운 시간을 보냈다."

케이트가 스크롤을 내리자 사진이 한 장 더 나왔다.

야스민이 찾아서 지금 내가 들고 있는 그 사진과 거의 똑같 은 사진이었다. 화면 속의 금발 머리 소녀 구드룬은 토끼를 안 고 카메라를 향해 밝게 웃고 있었다. 옆에는 마리아가, 뒤로는 토끼 사육장이 보였다.

"무슨 소린지 하나도 모르겠어."

내가 말했다. 머릿속에 갖가지 생각이 떠올라 짝이 안 맞는 퍼즐 조각들처럼 뒤죽박죽 엉켰다.

벤이 자기 할머니가 들고 있던 사진들을 가져와 다시 훑어보 았다.

"이것 좀 봐. 여기 사진 뒷면에 누가 써 놓은 이름 말이야. 마리아, 토머스, 마틴 그리고 한나. '그리고'가 독일어로 쓰였 어. 다른 것들도. 마리아 운트 토머스. 마리아 운트 구드룬. '운트'는 독일어로 '그리고'란 뜻이잖아."

우리는 다른 사진들도 뒤집어 보았다. 계속 '앤드'라고 생각했던 글자들이 사실은 모두 '운트'였다.

강제 수용소, 독일. 토할 것만 같았다.

아무도 말이 없었다. 한참 만에 케이트가 입을 열었다. 평상시와 다른 목소리였다.

"너희 할머니 비밀이 뭔지 알 것 같아. 할머니한테는 사촌이든 누구든 나치 활동을 했던 지인이 있는 거야. 분명히 하이디라는 사촌 언니가 개들을 위한 학교에서 일한다고 하셨어. 그리고 벤 외할머니가 나치는 개를 위한 학교를 세웠다고 하셨고. 기억나?"

차마 벤 외할머니 얼굴을 볼 수 없었다. 벤 외할머니는 언제부턴가 침묵을 지키고 있었다.

"그리고 여기 이 사진에 하이디라는 사람이 개랑 같이 있어. 이건 1940년에 독일에서 찍은 사진이야. 나치는 다하우에서 앙고라토끼를 길렀어. 그리고 여기 이 사진은 마리아가 구드룬과 함께 털이 풍성한 토끼를 안고 다하우에서 찍은 거야. 그것도 1941년에. 우연의 일치라고 하기는 맞아떨어지는 게 너무 많아."

케이트가 결론을 내렸다.

"너희 할머니 가족이 나치였던 거야."

나와 버렸다. 뱉지 않을 수 없는 말이……. 마치 마법의 주문 같았다.

우리는 서로를 쳐다보았다.

얼굴이 빨갛게 달아오르고 있었다. 게다가 강제 수용소에서 살아남은 사람이 바로 내 옆에 앉아 있었다.

소름 끼치는 침묵이 식탁을 에워쌌다.

"나치는 장애인을 싫어했어. 제일 먼저 장애인을 끌고 가서 죽였잖아. 심지어 유대 인보다도 먼저 죽였어."

케이트가 띄엄띄엄 말했다. 목소리가 떨리고 있었다.

그때 벤 외할머니가 스카우트 단복을 입은 아이들의 사진을 골라 들고 뚫어지게 바라보았다. 그리고 'JM'이라고 적힌 쪽지 옆에 내려놓았다.

"융마델(Jungmädel). 제시, 이 사진은 소녀 연맹 사진이야."

"네?"

내가 물었다.

"'J'와 'M'은 '소녀 연맹'의 약자였어. 독일 여자아이는 누구나 '히틀러 청소년단'에 가입해야 했어. 어릴 때는 JM, 즉 소녀 연맹에 소속이 되었다가 열네 살이 되면 BDM이라는 독일 소녀 연맹의 단원이 되었지. 열세 살이라면, 소녀 연맹 소속일 때겠구나."

"할머니는 우리가 소녀 연맹이라고 말씀하셨어요. 단추 이야기도 하셨고요. 하얀색 블라우스 이야기도요."

나는 벤 외할머니에게 말을 하면서도 눈은 식탁만 쳐다보았다.

"그래. 히틀러 청소년단 여자 단복이 하얀 블라우스에 짙은 색 치마야. 갈색 가죽 매듭으로 까만색 스카프를 묶었어. 단추는 특히 중요했지. 소녀 연맹이든 독일 소녀 연맹이든 모두 B.D.M이라고 새겨진 단추를 달았으니까."

벤 외할머니는 행복하게 활짝 웃는 여자아이들 사진을 여러 장 들어 올렸다.

"여기, 이 아이들이 입은 것처럼 말이야."

소녀 연맹. 히틀러 청소년단. 할머니는 우리가 수백만 명의 사람을 공포와 고통으로 밀어 넣은 그런 사람이 되길 바란 것이다.

우리 할머니는, 우리가 나치가 되기를 바랐다.

용서의 눈물

"미안해. 난 먼저 가야겠어."

케이트가 말했다. 언제나 차분하게 우리를 이끌었던 케이트가 울고 있었다. 케이트는 휠체어를 밀어 식탁을 떠나 복도 쪽으로 갔다, 나에게 등을 돌린 채.

"부탁드려요. 저 집에 좀 데려다주세요. 집에 가고 싶어요. 집에 가야겠어요."

케이트가 벤 엄마에게 매달렸다.

뭘 어떻게 해야 할지 알 수 없었다. 토할 것 같은 기분으로 그저 자리에 앉아 식탁만 쳐다보았다.

"제가 제시랑 있을게요."

벤이 외할머니에게 말했다.

"그래, 그럼…….."

벤 엄마가 대답했다. 나는 그대로 자리에 앉아 있었다. 케이트를 쳐다볼 수가 없었다. 벤 엄마가 차 열쇠를 챙기고 야스민에게 물었다.

"야스민, 아줌마가 가는 길에 내려 주면 좋을 것 같은데?"

야스민이 대답하는 소리가 들렸다.

"벤, 너도 엄마랑 다녀오너라. 할머니는 잠깐 제시랑 이야기를 좀 해야겠다."

벤 외할머니가 말했다. 모든 것이 아주 멀리서 벌어지는 일 같았다.

문이 쾅 닫히고, 주방은 고요해졌다. 아무 말도 할 수 없었다. 벤 외할머니가 아직 앉아 있는 걸 알았지만, 아무 소리도 움직임도 느껴지지 않았다. 들리는 건 오로지 째깍째깍 초침 소리뿐이었다. 내 뺨을 타고 흘러내린 눈물이 식탁으로 떨어졌다. 벤 외할머니가 자리에서 일어나 정원으로 통하는 문을 여는 소리가 들렸다. 갑자기 와당탕 큰 소리가 나더니 스노이가 다른 개들과 함께 주방으로 뛰어들었다. 개들이 헐떡이는 소리, 둔탁하게 꼬리를 부딪치는 소리, 발톱으로 딱딱한 주방 바닥을 긁는 소리가 또렷이 들렸다. 벤 외할머니는 정원에 있는 쌍둥이를 불러서 개들을 데리고 나가서 조금 더 놀라고 일렀다. 발치에 스노이가 올린 앞발의 무게가 느껴졌다. 나는 스노이를 안아 올렸다. 커다란 곰 인형 같은 스노이에게서 온기와 함께 생동감이 전해졌다.

그때 내 어깨를 감싸 안는 벤 외할머니 손길이 느껴졌다.

"정말 죄송해요."

나는 울먹이며 말했지만, 스노이의 풍성한 털에 묻혀 목소리는 잘 들리지 않았다.

벤 외할머니는 내 어깨를 한 번 꽉 감싸 안고 나서 살며시 내 뺨을 감싸 고개를 들어 올렸다. 그때 갑자기 스노이가 끼어들어 내 코를 싹싹 핥았다. 할머니와 나는 동시에 웃음을 터뜨렸다.

"제시, 네가 사과할 이유는 없어."

"그렇지만…… 정말 죄송해요. 이해를 못 하겠어요. 왜 할머니는 우리가 히틀러 청소년단이 되길 바라실까요? 왜 나치가 되길 바라죠? 정말 부끄러워요. 전에 학교에 와서 해 주신 이야기도 다 들었는데."

나는 스노이를 꽉 끌어안았다. 죽고 싶었다. 어쩌면 우리 집안에 나치만큼 악랄한 기운이 있을지 모른다. 그래서 프란체스카도 그런 일을 저지른 것 아닐까? 나도 저주받았는지도 모른다. 어쩌면 우리 가족 모두가 다 저주받았는지도.

"제시, 나도 케이트가 무척 마음 상했다는 걸 알아. 이해해. 나치 독일에 관련된 사진을 보는 것만도 충격이었을 텐데 거기에다 너희 할머니 가족이 어떤 식으로든 나치와 연관이 있었다니……. 그렇지만 제시, 네가 한 말을 생각해 보자. 할머니가 자꾸 쪽지를 이야기하고 계셔. 모두가 무사해야 한다고 하시지. 그리고 하얀색 독일세퍼드를 데려오셨어. 내 생각에 너희 할머니는 나치가 원하는 대로 행동하지 않은 분이야. 히틀러 청소년단에 관해 말씀하신 건 모두 너희 신분을 확보하기 위해서였다는 생각이 들어. 너희를 보호해야 하니까. 당시에는 독일 청소년이라면 누구나 의무적으로 히틀러 청소년단에 가입해야 했어. 청소년단 활동이 즐겁다고 생각하는 아이도 많았지. 친구들과 캠핑을 하거나 여행을 떠나기도 하고 다 함께 노래를 배우기도 했으니까. 히틀러 청소년단이 생겼을 때 내가 청소년이었다면, 나 역시 가입하고 싶었을 거야. 물론 유대 인 소녀는 입단이 허락되지 않았겠지만…….

네 할머니는 몸이 편찮으셔서 지금이 1930년대, 아니면 1940년대라고 생각하시게 된 것 같아. 이 사진이 찍힌 시대라고 말이야. 그런데 말이야, 왜 너희 할머니는 나치가 너희를 감옥으로 보낼 거라고 생각하고 보호하려고 하셨을까? 영국에는 나치가 없었는데. 나치가 영국을 침공할까 봐 두려워하셨다고 해도……. 아니면 친척 중에 누군가 편지에 나치가 하얀색 독일 셰퍼드 종을 모두 쏘아 죽였다는 이야기를 쓴 걸까?"

스노이가 몸을 뒤집어 내 코를 다시 한 번 핥았다. 갑자기 가슴속에 희망이 차올랐다. 할머니가 좋은 사람이 아니라고 생각하면 견딜 수가 없었다. 내게 우리 할머니는 언제나 친절하고 다정한 할머니였다. 나에게 히틀러 청소년단이 되라고 한 할머니는 내가 모르는 사람이었다. 그건 세상이 거꾸로 뒤집히는 느낌이었다. 벤 외할머니가 내게 세상을 다시 뒤집어 놓을 기회를 주고 있는 것일지도 몰랐다. 어쩌면 할머니는 뒤틀린 동화 같은 세상에서 살고 있는 건 아닐까? 옳은 일을 하면서.

"잠깐만, 제시, 이 소녀는 누구니?"

벤 외할머니 목소리가 달라졌다. 들뜬 목소리였다. 마리아가 하얀 개를 안고 찍은 사진을 들고 있었다.

"모르겠어요. 아마 할머니 사촌이나 다른 친척일 거예요. 그것도 할머니 상자에서 찾았는데, 사진 속의 개가 스노이랑 닮아서 제가 가지고 있었어요."

"이 아이야. 바로 이 소녀. 다른 사진을 보고 닮았다고 생각하면서도 긴가민가했어. 다른 사진들에서는 더 어리고 통통하잖아. 그런데 이 사진은 내가 만났을 때 모습 그대로야. 그때는 표정이 훨씬 더 슬퍼 보였지만."

벤 외할머니가 무슨 이야기를 하는지 단번에 이해할 수가 없었다. 할머니는 계속 설명했다.

"이건 우리 울피야. 우리에게 다시 돌아왔을 때의 모습 바로 그대로구나. 이럴 수가. 제시, 네 할머니가 이 사진을 갖고 계셨다는 건 우연이 아니야. 오랜 세월 울피를 데려다준 그 소녀를 생각했는데, 지난 며칠 사이에 그 소녀 꿈을 꾸었단다. 학교에 가서 이야기했기 때문이라고 생각했는데……."

우리는 서로를 마주 보았다. 동화 속 마법이 눈앞에 펼쳐지고 있었다.

내가 말했다.

"상자 안에 편지도 있었는데, 하나도 안 읽었어요. 애초에 저희 엄마 아빠는 이 상자를 열지도 말라고 하셨어요. 허락도 받지 않고 열어 보면 안 된다고요. 그래서 편지까지 읽을 수는 없었어요."

"우체국 소인은 겉면에 찍혀 있을 것 같구나."

벤 외할머니는 우편물 꾸러미를 꺼내서 편지를 묶은 빨간 리본을 끌렀다.

"이건 모두 독일에서 온 거야. 지난 수년 동안 다하우 지역에서 매년 꾸준히 보냈던 것 같아. 세상에, 적게 잡아도 스무 통은 되겠어. 그리고 이 커다란 편지는…… 이건 누가 열어 보았구나. 우편 소인은……."

벤 외할머니가 고개를 들어 나를 보았다.

"제시, 할머니가 스노이를 데려오신 게 언제지?"

"지난주요."

대답을 하는 내 목소리가 떨렸다.

"이건 그 전 수요일에 온 편지야."

벤 외할머니가 편지를 나에게 건네주었다.

"제가 독일어를 잘 읽을 수 있을지 모르겠어요."

내가 말했다.

"내가 독일어를 한단다."

벤 외할머니가 대답했다. 우리의 눈이 마주쳤다. 내 안의 내가 옳은 일이라고 말하고 있었다.

나는 편지 봉투 덮개를 젖히고 봉투 안에 손을 넣었다.

안에는 직접 만든 커다란 카드가 들어 있었다. 글씨는 독일어가 아니었다. 영어였다. 앞면에는 엽서 세 장이 나란히 붙어 있었다. 첫 번째 엽서는 소녀를 그린 그림이었다. 숲에서 장작을 나르는 소녀 뒤로 강아지 한 마리가 따라가고 있었다. 두 번째 엽서에는 당나귀와 강아지가 나란히 서 있었다. 둘 다 마음에 들었다. 인상주의 화풍과 비슷했다. 세 번째는 예쁜 교회가 보이는 시장을 찍은 사진 엽서였다. 예전에 본회퍼 선생님이 바이에른 주 전통 의상을 보여 준 적이 있는데, 그 차림을 한 남자아이와 여자아이도 보였다. 남자아이는 멜빵 반바지 같은 레더호젠을, 여자아이는 알프스 동화에서 본 것 같은 드린 딜 원피스를 입었다.

나는 카드를 펼쳤다.

마리아 고모할머니께

카드는 이렇게 시작하고 있었다. 맥이 탁 풀렸다.

"이건 할머니한테 온 편지가 아니에요. 마리아라는 사람한테 온 거예요. 요새 계속 마리아가 받을 편지가 집으로 오고 있거든요. 같은 사람이 보낸 거예요. 잘못 온 편지예요."

내가 말했다.

"그렇다면 할머니께서 보관하고 계셨을 리가 없지 않니? 계속 읽어 보렴."

벤 외할머니가 차분하게 말했다.

저희 할아버지께서 고모할머니와 연락하기 위해 수년간 애를 쓰셨다는 사실을 잘 알고 있어요. 할아버지께서 돌아가시기 전까지 편지를 수없이 보내셨지만, 고모할머니께서 답을 주신 것은 오직 한 번뿐이라는 것도 잘 알고 있고요. 제가 아는 고모할머니 주소는 여기뿐이에요. 그래서 이 편지가 할머니께 닿을지조차 모르겠어요. 편지가 전달되길 빌며 성야곱교회에서 촛불에 불을 밝히고 왔어요. 이유는 모르겠지만 이 편지는 꼭 닿을 것 같아요.

고모할머니께서 독일과 관련해서는 다시는 말하기도 싫고 듣고 싶지도 않다고 말씀하셨다는 것도 잘 알아요. 몸이 몹시 편찮아지셔서 서둘러 독일을 떠나셨다는 것도요. 지금은 영국에서 가정을 꾸리고 이름도 영국식으로 새로 지었다고 말씀하셨다지요. 이제 고모할머니는 엘리자베스 존스이고, 앞으로 죽을 때까지 그 이름으로 살아갈 거라고요.

마리아, 마리아와 울피, 할머니와 스노이, 벤 외할머니와 울먹이던 소녀, 벤 외할머니가 결코 용서하지 않을 거라고 했던 그 소녀……. 아무 말도 나오지 않았다. 사진 속의 소녀는 마리아였다. 사진 속의 소녀는 우리 할머니였다.

"제시, 계속 읽어 보거라."

벤 외할머니가 말했다. 할머니가 손을 뻗어 스노이를 쓰다듬어 주는 모습을 보면서 나는 카드를 다시 들었다. 두 손이 덜덜 떨렸다. 나는 계속 읽어 나갔다.

이제는 제 차례예요.

아빠는 할아버지의 하나뿐인 아들이고, 저는 하나뿐인 손녀예요. 제 이름은 고모할머니 이름에서 따왔죠. 저는 할아버지를 무척 사랑했어요. 그런 할아버지가 돌아가시면서 제게 고모할머니를 찾아서 영국에 사는 새로운 친척들을 만나라고 말씀하셨어요. 고모할머니를 사랑하며, 독일을 사랑한다는 말씀도 남기셨고요. 할아버지는 고모할머니가 어렸을 때 벌어진 일들에 대해서 무척 마음 아파하셨어요. 고모할머니께 연락하지 못하셨던 것도 할머니가 다시 편찮아지실까 봐 걱정하셨기 때문이에요. 저한테 언제까지나 동생을 사랑할 거라는 말을 꼭 전해 달라고 하셨어요.

그래서 이 카드를 영어로 썼어요. 고모할머니나 다른 친척이 읽을 수 있기를 바라면서요. 저는 지금 열네 살이에요. 독일에 다른 사촌은 없어요. 그래서 영국에 있는 고모할머니 가족들을 꼭 만나 보고 싶어요. 그리고 모두들 꼭 한 번 독일에 오셔서 다하우가 얼마나 아름다운 곳인지 보셨으면 좋겠어요. 다하우는 아주 오래전부터 시장이 섰던, 역사가 유구한 고장이에요. 그런데 나치가 그 역사를 망쳐 버렸지요. 다른 모든 걸 망쳐 버리려고 했던 것처럼요. 저는 고모할머니가 다하우에 오셔서 과거의 강제 수용소가 지금은 희생자들을 기리는 추모관이 된 모습을 보셨으면 좋겠어요. 이곳에는 다하우의 훌륭한 지역 예술 작품을 전시하는 미술관도 있어요. 나치가 들어서기 전부터 유명했던 다하우 명물과 아름다운 교외를 그린 작품을 보실 수 있지요.

할아버지는 고모할머니가 늘 그림을 그렸다고 하셨어요. 저도 그래요. 혹시 저에게 사촌이 있다면 그 애들도 그림 그리기를 좋아하나요?

동봉한 어린 시절 사진들은 할아버지께서 제게 고모할머니께 보내 달라고 부탁하신 거예요. 할아버지는 이 사진들을 평생 소중히 간직하셨죠. 저한테는 복사본이 있어요.

이 편지를 받으시는 분이 만약 엘리자베스 존스 본인이나 그 가족이 아니라면, 부디 사진은 제게 다시 보내 주세요. 비용은 드리겠어요. 저에게는 굉장히 귀중한 것입니다.

제 친척 중 누구라도 이 편지를 읽고 회답해 주시기를 간절히 바랍니다.

마리아 바이어 드림

아래에는 독일 다하우 주소와 전화번호, 이메일 주소가 적혀 있었다.

벤 외할머니가 팔을 뻗어 나와 스노이를 함께 안아 주었다.

할머니 눈에서 굵은 눈물이 흐르고 있었다.

◆

케이트에게는 모든 일이 정리되고 나서 이야기했다. 케이트
는 스노이를 껴안고 소파에 앉아 내 이야기를 들었다.

벤 외할머니는 나와 함께 할머니 병문안을 가면서 결국 이
렇게 되려고 나와 스노이를 만난 것 같다고 했다. 병실을 찾아
할머니 병상 옆에 앉은 다음에는, 잠결에도 뒤척이며 혼잣말을
하는 할머니를 가만히 지켜보았다. 그리고 손을 뻗어 할머니
손을 잡았다.

"마리아. 마리아 바이어, 내 말 들려요? 미리암 레비가 왔어
요. 울피 주인이요. 당신이 울피를 내게 데려다주었지요. 고마
워요. 우리 울피를 무사히 지켜 주어서 고마워요."

할머니가 눈을 떴다. 하지만 벤 외할머니 얼굴을 확인하고는
고개를 돌렸다. 두 줄기 눈물이 뺨을 타고 흘러내렸다.

"날 용서해요. 정말 미안해요. 정말 부끄럽게 생각하고 있어
요."

할머니가 말했다.

"그런 말 말아요. 이제 다 이해해요. 당신을 용서해요. 당신

은 어린아이일 뿐이었잖아요."

벤 외할머니가 대답했다.

"난…… 아무 일도…… 하지 않았어요. 그들을…… 막지 못했어요."

할머니 목소리가 자꾸 끊겼다.

"당신이 뭘 할 수 있었겠어요?"

"모르겠어요. 알고만 있었더라도……."

"뭘 알고 싶었다는 말인가요?"

"내가 믿었던 모든 것이 틀렸다는 것을요. 아름다운 건 아무것도 없었어요. 중심부터 다 썩어 있었어요. 나는 그들이 하는 이야기가 정말 아름답다고 생각했어요. 훌륭한 내 나라, 특별한 사람들, 선한 우리들. 나는 선하게 살려고 최선을 다했어요. 그런데 모든 것이 썩었고 모든 것이 끝장났어요. 너무 무서워요. 그 일이 다시 반복되는 것 같아요. 그런데 막을 수가 없어요."

할머니는 어깨를 들썩이며 말없이 흐느꼈다.

"아니요. 그렇지 않아요. 그렇게 내버려 두지 않을 거예요. 그들에게는 우리가 사랑하는 모든 것을 파괴할 권리가 없어요. 이제는 어떤 징조를 경계해야 하는지 알잖아요. 그러니까 막을 수 있어요. 마리아, 내가 학교에 가서 이야기했어요. 난 믿어요. 우리 아이들은 절대로 나치처럼 되지 않을 거예요. 겁낼 필요 없어요. 봐요, 마리아. 이걸 봐요."

벤 외할머니는 내게 받은 쪽지를 꺼냈다. 쪽지에는 할머니가 겁에 질려 쓴 알파벳이 적혀 있었다. 쪽지는 갈기갈기 찢어졌다. 눈송이만큼, 아니 색종이 조각만큼 아주 자그마한 쪼가리로 찢어졌다. 종이 쪼가리들은 병실 바닥으로 흩날렸다. 다시 벤 외할머니를 쳐다보는 할머니 눈빛이 그 말이 정말로 진실이어야 한다고 다짐을 받는 것 같았다. 할머니와 벤 외할머니는 서로 부둥켜안고 울고 또 울었다. 아무리 울어도 부족하다는 듯이.

그 후로도 한참이 지나도록 벤 외할머니는 침대 곁을 지켰다. 할머니는 벤 외할머니의 손을 꼭 잡은 채 다시 잠에 빠져들었다.

우리 시대의 동화 쓰기

3학년 B반 제시 존스

동화를 조심하세요……

옛날 옛적 어느 아름다운 동화나라에 마리아라는 소녀가 살았어요.

나중에 할머니가 된 마리아를 보고서는 상상하기 어렵지만, 어린 시절의 마리아는 금발 머리 소녀였어요. 마리아가 사는 특별한 동화나라에서는 금발인 게 좋아요. 모두들 입을 모아 금발이 좋다고 했죠. 마리아 엄마도 금발이에요. 마리아는 엄마가 저녁마다 빗질하는 모습을 행복하게 지켜보았어요.

마리아 눈동자는 파란색이에요. 아주 새파란 파란색이죠. 피부는 창백했지만 몸은 아주 튼튼했어요. 달리기도 잘하고 등산도 잘하고 수영도 잘했지요. 노래도 잘 불렀답니다. 게다가 자신이

사는 아름다운 동화나라의 풍경을 멋진 솜씨로 훌륭하게 그릴 줄
도 알았어요. 아직 어린데도 목소리가 아주 감미로웠죠.

마리아는 부지런하고 정직하며 용감하고 다정했어요. 적어도
그러려고 노력했어요. 착한 사람이 되고 싶었거든요.

마리아는 행복하게 살고 싶었어요. 자유롭고 싶었죠. 그리고
적들을 걱정할 필요가 없는 삶을 바랐어요.

동화를 보면 좋은 사람에게는 언제나 적이 있잖아요.

여러분에게도 적이 있지 않나요?

실제로 아는 사람은 아닐지도 몰라요. 이를테면 신문에 나는
사람들 있잖아요. 가난한 척하지만, 사실은 너무 게을러서 일하
러 가지 않고 침대에 누워 있는 사람이요. 멀리서 일자리를 구하
러 온 사람들 이야기도 들어 본 적이 있을 거예요. 그 사람들이
일자리를 오조리 차지하는 바람에 정작 우리 엄마나 아빠, 오빠
나 형, 언니와 누나 들이 일할 자리가 없다고 하죠. 자격도 없으
면서 거짓말로 부당하게 돈을 타 내는 사람들도 있대요. 몸이 병
들었다고 속이는 사람들도 있고요. 이런 사기꾼, 파렴치한, 협잡
꾼, 악한 사람들.

이 사람들이 마리아의 적이에요. 사실 마리아는 누구도 실제로 만나 본 적은 없어요. 그런데 마리아가 사는 동화나라 지도자가 다 이야기해 주었어요. 이 사람들이 얼마나 못됐는지 모두 다요. 마리아 엄마 아빠가 이런 사람들 때문에 아주 가난해진 적이 있다는 것도 알려 주었어요.

마리아는 그런 지도자가 있어서 행복했어요. 마리아의 적을 모조리 몰아내 주겠다고 약속했거든요. 온 가족이 지도자를 믿었어요. 한때 군인이었을 만큼 용감한 데다, 그림을 사랑하고 아이를 사랑하고 동물을 사랑하는 사람이었거든요. 마리아 엄마는 지도자가 아기 사슴을 데리고 찍은 사진을 가지고 있었어요. 지도자는 너무 잔인하다는 이유로 사냥을 금지했어요. 마리아는 그렇게 착한 사람이 자기네 나라를 이끌어 가고 있다는 사실에 자부심을 느꼈어요.

지도자는 근면하고 성실했어요. 얼마나 고독하고 용기 있는 사람인지. 게다가 예술가라니. 동화나라 사람들 모두가 가정을 꾸리고 지낼 곳을 마련하여 행복하게 살길 바라면서도, 정작 자신은 너무 바빠 제 짝을 찾을 시간도 없었어요. 지도자와 결혼하고 싶어 하는 친구들도 많았어요. 그런 친구들은 사진을 넣은 편지를 보내 결혼하고 싶다고 고백하기도 했대요.

아무튼, 그런 지도자가 있어서 마리아는 자신의 동화나라에서 안심하고 살 수 있었어요. 다가올 미래에도 그럴 거라고 생각했지요.

적어도 마리아는 그렇게 생각했어요.

자신의 완벽한 동화나라에서요.

그런데 갑자기 모든 것이 이상해졌어요. 군대가 행진을 하고 사람들이 살해당하기 시작했어요. 그저 다르다는 이유로, 병들었다는 이유로, 지도자에게 찬성하지 않았다는 이유로요.

알고 보니 지도자는 그렇게 현명하지도, 훌륭하지도 않았어요.

지도자는 마리아의 사랑스러운 동화나라를 집어삼켜 악몽으로 만들었어요. 차마 말로 옮길 수도 없는 악몽이었죠. 악몽은 아주 아주 오래도록 이어졌어요.

지도자가 적이라고 했던 사람들은 나쁜 사람들이 아니었어요. 지도자가 선한 사람이라고 했던 사람들이 진짜 나쁜 사람들이었지요.

마리아는 사람들이 굶주려 길가에서 죽어 가는 모습을 지켜봐야 했어요. 어디론가 사라져 다시는 돌아오지 않는 사람들도 있었죠. 마리아는 너무나 무서웠어요. 만약 아주 사소하더라도 착한 일을 한다면, 자신도 사라질 거라는 사실을 알고 있었거든요. 아무 잘못이 없는 수백만 명이 고통에 시달리다 죽음을 맞았어요.

그때 마리아는 깨달았어요. 자신은 하나도 용감하지 않다는 걸.

나는 지금 우리에게 들려오는 동화가 걱정스러워요. 옛날 옛적 이야기가 아니라 바로 지금 이야기예요. 나는 걱정스러워요. 지금 우리가 사는 세상에도 '착한 사람'과 '나쁜 사람'이 있고, 들리는 이야기가 있어요. 우리는 그 이야기를 믿죠. 예전에 마리아가 자신의 동화나라를 믿었던 것처럼.

나는 마리아가 믿었던 동화를 말해야만 했어요. 그래야 다시는 그런 일이 일어나지 않을 테니까요.

조심하세요. 동화에서는 눈에 보이는 그대로가 진실이 아닐 때도 있어요.

이 책을 쓰면서 약자를 괴롭히는 사람에게 맞서기란 굉장히 어렵다는 사실을 절감했습니다. 특히 괴롭히는 사람에게 힘이 있는 경우에는요. 그래서 처음부터 그 사람들이 힘을 키우지 못하도록 하는 것이 아주 중요합니다. 저 역시 1930년대 독일에 살고 있었다면 분명히 용감하게 나서기가 아주 힘들었을 것입니다. 하지만 많은 독일 사람들이 당시에 벌어지는 일을 막으려고 나섰습니다. 본문에 그런 분들에 관한 힌트를 살짝살짝 숨겨 두었습니다. 아주 용감하게 나치에 맞선 독일 사람들에게 경의를 표하는 방식이라고 생각해 주세요.

제시의 할머니는 정원에 하얀 장미를 기릅니다. 여기에는 나치 시대 독일에서 일어난 '하얀 장미 운동'을 기리는 뜻이 담겨 있습니다. 조금 더 구체적으로 말하자면, 당시 어린 학생이던 조피 숄과 한스 숄, 그리고 이 남매의 친구들을 기리고 있습니다. 조피와 한스는 모두 청소년 시절 히틀러 청소년단의 단원이었습니다. 그렇지만 나치에 대해 알게 된 뒤에, 더 이상 나치를 지지할 수 없다고 생각했습니다. 두 사람은 친구들과 함께 유대 인에게 벌어지는 일의 실상을 찍어 전단지를 배포하였으나 1943년에 나치에게 체포되어 사형당하고 말았습니다. 사형 집행 당시 조피 숄은 고작 스물한 살이었습니다.

지금 현재 뮌헨 대학교 앞 보도에는 '하얀 장미 운동'을 추모하는 조형물이 새겨져 있습니다. 슬쩍 누가 바닥에 뿌린 서류인가 싶지만, 가까이서 살펴보면 당시 실제 전단지와 어린 학생들의 얼굴을 재현하여 새겼다는 것을 알 수 있습니다. 독일 사람들은 '하얀 장미 운동'에 자부심을 느껴도 좋을 것입니다. 다른 사람들이 침묵을 지킬 때, 큰 목소리로 저항한 사람들이 있었다는 의미니까요.

제가 기리는 또 다른 인물은 디트리히 본회퍼 목사입니다. 루터 교 신학자이자 아주 친절하고 훌륭하며 용감한 사람이었지요. 본회퍼 목사는 나치 독일을 탈출하는 데 성공했습니다. 그 후 미국에서 살 수도 있었지만 다시 독일로 돌아가 나치에 맞섰습니다. 그리고 나치의 악마적 면을 통감하고 히틀러 암살 계획에 어쩔 수 없이 동참하였으나, 사전에 발각되어 강제 수용소에 수감되었다가 1945년에 처형되었습니다. 바로 그해 제2차 세계대전이 종전을 맞습니다. 본회퍼 목사를 아는 사람들은 목사가 아주 다정한 분이었다고 합니다. 세상에서 가장 중요한 가치는 사랑이라고 믿었다지요. 누구에게도 화를 내거나 쓴소리를 하지 않고, 오직 나치에게만 대항했다고 합니다.

저는 그 이름을 따서 프롤라인 본회퍼라는 인물을 만들었습니다. 재즈 연주를 즐기는 사랑스러운 독일어 선생님이었죠!

이 책을 쓰는 동안 여러 자료에서 도움을 얻었는데, 그중에서 몇 가지를 소개합니다.

Education in Nazi Germany(나치 독일의 교육), Dr Lisa Pine (Berg, 2010)
나치 독일의 어린이와 청소년이 학교와 히틀러 청소년단에서 어떤 교육을 받았는지 보여 주는 책입니다. 특히 나치 독일의 학교 교과 과정을 다룬 부분은 이 책을 쓰는 데 무척 중요한 영향을 미쳤습니다. 런던의 위너도서관에서 나치 독일의 어린이 교과서와 장난감 전시회를 열었을 때, 리사 파인 박사의 다른 저작들도 볼 수 있었습니다. 1930년대, 히틀러 집권 후의 독일에서 어린이가 성장한다는 것이 어떤 의미인지 조금이나마 더 이해하는 데 크게 도움이 되었습니다.

Amazing Dogs(놀라운 견공들), Jan Bondeson (Amberley Publishing, 2011)
이 책을 읽고 나치 정권이 말하는 개를 양성하기 위한 대학, 동물언어학교(Tiersprachshule ASRA)를 세웠다는 사실을 알게 되었습니다.

Animals in the Third Reich(제3제국의 동물들), Boria Sax (Decalogue Books, 2009)
이 책을 통해 유대 인은 애완동물을 소유해서는 안 된다고 규정한 법령에 대해 상세히 알게 되었고 그 밖에도 나치와 개에 대해서 많이 알게 되었습니다.

Dachau ein Kunstbilderbuch(다하우 지역의 미술), Dr Lorenz Josef Reitmeier (Dachau Art Gallery, 1995)

이 '묵직한' 책은 다하우 미술관에서 구입했습니다. 다하우의 지역 풍광과 마을 사람들을 그린 아름다운 작품을 모은 책입니다. 명성이 높은 다하우 예술 학교의 사진과 그림도 포함되어 있습니다. 다하우 예술 학교는 나치가 들어와 악독한 강제 수용소를 세우기 전부터 다하우 지역에 자리 잡고 있었습니다.

On Hitler's Mountain: Overcoming the Legacy of a Nazi Childhood(히틀러의 산 위에서: 나치 치하의 유년 시절이 남긴 잔재 극복기), Irmgard A. Hunt (Harper Perennial, 2006)

나치 집권 시기에 어린 시절을 보낸 사람들의 자서전을 많이 읽었는데, 이 책 역시 그중 한 권입니다. 독일 소녀로 성장한다는 것이 어떤 의미인지 탁월하게 전달하는 책입니다.

The Nazis: A Warning From History(나치: 역사의 경고), BBC 다큐멘터리, 1997

"만약 내가 그 사람들이었다면 과연 나도 그렇게 용감했을
까? 여러분도 그렇게 용감했을까요?"

미리암 레비 할머니는 제시네 반 아이들에게 그렇게 묻습니
다. 저도 스스로에게 한번 물어보았습니다. 나라면 어땠을까?
저항하기 힘들었을 것입니다. 그렇지만 왠지 와 닿지가 않았습
니다. 제2차 세계 대전 당시 나치 정권 아래서 산다는 전제 자
체가 멀게만 느껴졌습니다. 질문을 바꾸어 다시 물었습니다.
내가 프란체스카였다면 어땠을까?

《다하우에서 온 편지》주인공은 제시입니다. 그리고 주인공
답게 제시는 할머니의 고민을 덜어 주기 위해 동분서주하고,
장애가 있는 친구와도 사이좋게 지내며, 좋아하는 남자애와도
결국에는 가까워집니다. 할머니 비밀도 풀렸으니 앞으로는 케
이트와 함께 더욱 힘차게 살아가겠지요.

그런데 조연답게, 예쁘고 공부도 잘하지만 제시에게 못되게

굴었던 프란체스카는 어떨까요? 다니던 기숙 학교로 돌아간다
하더라도 이전 학교에서 저지른 행동 때문에 예전의 자신으로
돌아가기란 쉽지 않을 것 같습니다. 그 기억 때문에 자신이 좋
은 사람인지 스스로 확신할 수가 없을 테니까요. 아니면, 전에
있었던 일을 깨끗이 잊고 아무 일 없었던 것처럼 그전의 생활
로 돌아갈까요?

소설이 끝났으니 이제 그 답은 독자인 우리 마음입니다. 답
이 없는 것이 좋기도 하고 더 어렵기도 하네요.

영어를 한국어로 옮기면서 고민했던 일화를 한 가지 이야기
해 보겠습니다. 제시 할머니의 이름인 엘리자베스는 소설에서
아주 중요한 단서입니다. 제시와 친구들이 할머니가 가지고 있
던 사진 속의 인물이 할머니라고 생각하지 못하는 이유니까요.

사실 원문에서 엘리자베스라는 이름은 제시의 엄마가 제시
와 함께 할머니를 배웅하는 장면에서 처음 나옵니다. 엄마는
다정하게 할머니의 이름을 부르지요. 하지만 한글로 옮기려니
까, 며느리가 시어머니 '이름'을 부르는 상황을 상상할 수 없었
습니다. 그렇다고 '어머니'라고 번역하고 끝내 버리면, 독자들
은 소설이 막바지에 이를 때까지 '할머니 이름이 마리아는 아
닌가 보다' 하고 막연하게 짐작해야 하지요. 그래서 고민 끝에

제시가 혼자 생각하는 부분을 넣었습니다.

'우리 할머니 이름은 엘리자베스 존스인데…….'라고요. 그리고 나중에 케이트가 한 번 더 말하게 했습니다. 사실 원문에서는 할머니 진짜 이름이 밝혀지기 전까지, '엘리자베스'가 모두 네 번이나 나오거든요. 엘리자베스라니, 정말 영국 느낌이 물씬 나는 이름입니다.

제시는 힘들어하는 할머니를 위해 자꾸 과거로 눈을 돌립니다. 그렇지만 가장 제시다운 모습은 잘생긴 선생님 앞에서 얼굴을 붉히고 좋아하는 친구들과 함께 즐거워하며 현재를 사는 모습입니다. 역시, 과거를 딛고 앞으로 나아가는 모습이 가장 보기 좋은 법인가 봅니다.

2015년 7월 김선영

다하우에서 온 편지

초판 1쇄 펴낸날 2015년 7월 28일
초판 4쇄 펴낸날 2020년 6월 22일

지은이   앤 부스
옮긴이   김선영
펴낸이   조은희
편집장   한해숙
책임편집   최현정
디자인   최성수, 이이환
교열   이경희
마케팅   박영준
온라인마케팅   정보영
영업관리   김효순
제작   정정조, 강명주
펴낸곳   주식회사 한솔수북
출판등록   제2013-000276호
주소   03996 서울시 마포구 월드컵로 96 영훈빌딩 5층
전화   편집 02-2001-5820 영업 02-2001-5828
팩스   02-2060-0108
전자우편   isoobook@eduhansol.co.kr
블로그   blog.naver.com/hsoobook
페이스북   chaekdam
인스타그램   chaekdam

ISBN 979-11-7028-007-1 43840

이 도서의 국립중앙도서관 출판예정도서목록(CIP)은
서지정보유통지원시스템 홈페이지(http://seoji.nl.go.kr)와
국가자료공동목록시스템(http://www.nl.go.kr/kolisnet)에서
이용하실 수 있습니다. (CIP제어번호: CIP2015019352)

큐알 코드를 찍어서
독자 참여 신청을 하시면
선물을 보내 드립니다.

책담 다른 내일을 만드는 상상